後宮の薫香妃

しそたぬき

富士見L文庫

目次

kokyu no kunkohi
presented by shisotanuki

人物紹介

李薫香《りくんこう》
黄塵国《こうじんこく》後宮に住まう「贖罪妃《しょくざいひ》」。祖先が国の太祖を殺した代償として、一族から差し出された人質である。並外れた嗅覚をもつ。

廣黒曜《こうこくよう》
後宮に出入りする美貌の宦官《かんがん》。嗅覚を失っている。

銀葉《ぎんよう》
女性官吏。薫香が住む独房宮《どくぼうきゅう》の番人。

東蕙妃《とうけいひ》
皇后候補の一人。凛《りん》とした美しさをもつ、威厳のある妃。

北麗妃《ほくれいひ》
皇后候補の一人。武術に優れる豪胆な妃。

西華妃《せいかひ》
皇后候補の一人。計算高く、策略を好む妃。

南貴妃《なんきひ》
皇后候補の一人。いちばん年若い妃。南王家の養女。

用語

四王家《よんおうけ》
黄塵国の皇帝を支える東西南北の王家。通常皇后は四王家出身の妃・四妃《よんひ》のうちから選ばれる。

香妃《こうひ》
香を焚《た》くことで神託をもたらし、太祖を建国まで導いたとされる巫女《みこ》の呼び名。並外れた嗅覚と香の知識をもち、その体からはかぐわしい芳香を発していたといわれている。

御前聞香《ごぜんもんこう》
皇后選びの儀式。天に捧げるのに最も相応《ふさわ》しい香を皇帝が選び、それを用意した妃が皇后となる。

序章　消えないにおい

このにおいを辿《たど》れば、いつかあなたに辿り着けるのだろうか？


甘いにおいが漂っていた。

場にそぐわない、華やかで優美なにおい。


彼は惨劇の場に、立ち尽くしていた。

床には母だった女が倒れている。目は大きく見開かれ、表情は苦悶《くもん》に歪《ゆが》み、柔らかだった肌は硬直していた。生前の彼女とは、何もかもが違った。彼は戸惑う。

けたたましい足音。彼は我に返る。近づいてくる足音は、母を殺した者たちのもの。やり過ごしたと思ったのに、奴《やつ》らは戻ってきた。彼を捜し出すために。

部屋の納戸に逃げ込む。

先程やり過ごした時と同じように、息を殺し、戸のわずかな隙間から様子をうかがう。

やがて、戸の向こうが騒がしくなる。女の声。何かを命じている。

どれだけ隙間から目を凝らしても、何も見えない。真っ暗な闇が広がっているだけ。

それでも誰かが、何かが近づいてくるのが分かる。

においの甘い、粘りつくようなにおい。近づいてくる。濃度と粘度が増す。喉が痛

い。息が詰まる。

暗闇の中から、ゆっくりとこちらへ腕が伸びてきた。細く、白い腕。甘いにおい。綺麗《きれい》に手入れされた長い爪。

身を隠す納戸の戸は、あまりに薄く、頼りない。

汗が伝う。動かなくては。母が教えてくれた通りに。助かるには、それしかない。

だが、動けない。体が、頭が重い。心の臓だけが、狂ったように胸を叩《たた》く。

甘いにおい。脳が揺らぐ。

鋭い爪先が、わずかな隙間に差し込まれる。鋭く磨き込まれた爪先。

汗が止まらない。視界がぐにゃりと歪む。甘いにおい。頭が割れそうだ。

喉を裂くように、爪先が真横に走る。

開け放たれた戸の向こう。溢《あふ》れる光とにおいの靄《もや》の中に、彼は女の顔を探した。

「お目覚めになりましたか?」

悪夢から醒《さ》めた時、目の前に女がいた。心の臓が潰れたと錯覚するほどの衝撃。眩暈《めまい》を

覚える。

（違う。あの女ではない）

手で顔を拭う。大丈夫、あの女は悪夢の中にしかいない。何度も自分に言い聞かせる。

動悸《どうき》はまだ治まらない。

「随分とうなされていましたが、大丈夫ですか？」

「ここは？　俺は何を？」

かすれた声を絞り出す。

女はわずかに目を細める。

「憶《おぼ》えておられませんか？　あなたは、この宮の近くで倒れていたんですよ。たまたま通りかかった番の者が見つけ、知らせてくれたので、ここに運んで貰《もら》ったのです」

思い出した。

新しき皇帝の即位に伴い、後宮が一新された。新たに迎えられた四人の妃《きさき》。挨拶とご機嫌伺いを命じられ、その許《もと》を訪ねたのだ。舞い込んだ絶好の機会に意気込み過ぎていたのか、それとも結局何も得られなかった結果に失望したのか。その帰り道、急に体調が悪くなり……。

「そうでしたか。それはご迷惑をお掛けした。挨拶が遅くなりましたが、私は太監に属する宦官《かんがん》で、廣黒曜《こうこくよう》と申します」

身なりと外面を整えてから、寝台を下り、女に向かって拱手《きょうしゅ》する。

「宦官さま、ですか?」

なぜか腑《ふ》に落ちない様子の女。思わず眉を顰《ひそ》める。

何もおかしなことは言っていないはずだ。太監はこの黄塵国《こうじんこく》で後宮を管理、運営する機関。後宮に出入りする宦官は、すべて太監に属する。

あらためて女の姿を見た。

小柄な女だ。年は二十二、三といったところか。もう少し上と言われても納得するし、もう少し下だと言われても不思議には思わない。要するに、よく分からない。

顎の細い、丁度卵をひっくり返したような顔に、大きめの目と口、間に低い鼻が鎮座。薄めの顔だが、垂れた目じりに愛嬌《あいきょう》があった。ほとんど化粧っ気はなく、紅も引いていない。髷《まげ》は結っておらず、長い黒髪が腰まで流れていた。

パッとしない地味な見た目だが、素材は悪くない。ちゃんと着飾ればと、少々残念に思う。

気になるのは、その着古してよれよれの服の色。

黄塵国には使用が定められた色が三つある。皇帝のみが使用する黄、喪中を示す黒、そしてもう一色が灰。

彼女の来ている服は、灰色。

(灰色は確か、罪人の色のはずだが)

頭に浮かんだ答えを、すぐさま否定する。ここは後宮であり、罪人が住まう場所ではない。

「桃の花は、いかがでしたか？」

「えっ？」

反射的に聞き返す。何を言われたのか、分からなかった。それほど女が口にした言葉は、黒曜にとって予想外で、完全に意表を突かれた。

「桃の花です。今日近くを通られ、見上げておられたのではありませんか？」

ハッとした。後宮の中央に造られた人工池。その脇を通った時、植えられていた桃の木に花が咲いていた。普段なら気にもしない。だがその時は、何を思うでもなく足が止まった。そして確かにその淡い色を見上げた。

「……八分咲きといったところでした」

そうですか、と女は微笑《ほほえ》む。

なぜこの女は、そんなことを知っているのだろう？　見られていたのだろうか？

得体の知れない不気味さを覚える。

「ご気分がよくなられたのなら、隣の部屋でお茶でもいかがです？　少しお願いしたいことがありますので」

慌てて辞退しようとしたが、女はさっさと立ち上がり、部屋を出ていく。急いで、その後を追う。

「あの、失礼ですが、ここは四妃《よんひ》のうち、どちらの妃さまの宮でしょうか？」

追《お》い縋《すが》りながら、その小さな背に問いかける。

「いいえ、ここは四妃さまの宮ではありませんよ」

振り向きもせず、女はおかしそうに笑い声を上げた。

「えっ、では真黄宮《しんおうきゅう》ですか？」

真黄宮は後宮での皇帝のすまい。ありえないことと思いながらも、重ねて問いかける。

「いいえ、それも違います」

案の定の答え。

（どういうことだ？）

この後宮で、皇帝と四妃以外の者が使っている宮など、いまはないはず。脇の下を汗が伝う。

突然、女が振り返る。

「ご存じありませんか？　この後宮には四妃以外にもう一人、妃がいることを。他の妃とは違い、決してその宮から出ることを許されない妃が」

噂《うわさ》だ。あくまで噂で聞いたことがある。この後宮には、かつて大罪を犯した一族の妃がいると。

こちらの反応を楽しむように、女は微笑む。

「この宮に正式な名前はありません。ですが、人はこう呼びます。囚《とら》われの妃が一人住まう場所、独房宮《どくぼうきゅう》と。そして私こそ囚われの妃、贖罪妃《しょくざいひ》こと李薫香《りくんこう》と申します。どうぞお見知りおきを」

第一章　贖罪妃と四人の妃

黄麈国《こうじんこく》には、四人の王がいる。

それぞれ東西南北に領土を持ち、香木の産地である東王家は儀式で、異国との貿易路を持つ西王家は商業で、肥沃な大地を有する南王家は農業で、駿馬《しゅんめ》駆ける草原が広がる北王家は軍事で、それぞれ中央の皇帝と黄麈国百五十年の繁栄を支えてきた。

四王との関係をより強固にするため、代々の皇帝は即位と共に四王家《よんおうけ》の妃を娶《めと》った。そして四人の妃の中から、皇后は選ばれる。

四人の妃と、一つの皇后の座。

権力に直結する皇后の座を巡る妃の争いは、さながら各王家の代理戦争。

皇帝が替わるたびに行われる、華麗で、残酷な物語が後宮の歴史を彩ってきた。

そしてまた、新たな物語が始まろうとしていた。


「実はお願いしたいことがあります」

薫香《くんこう》は卓子《テーブル》を挟んで、宦官を名乗る者と向き合っていた。先程まで気を失っていたので心配したが、いまはもう大丈夫そうだ。

あらためてその容姿に感心する。

柳のような眉に、名前通り黒曜石《こくよう》を思わせる瞳、鼻筋は通り、赤みを帯びた唇が固く引き結ばれていた。一つ一つの水準が高い上に、それが芸術的なまでに整っている。透き通るほどに白い肌が、また羨ましい。

(でも、暗い目をしている)

輝くような容姿の中で、唯一、その黒い瞳だけが暗く沈んでいた。

薫香は、それを残念に思う。

「あの、贖罪妃《しょくざいひ》さま?」

「あっ、はいはい、何でしょうか?」

呼ばれているのが自分だと気づくのに、少し時間が掛かった。相手の容姿に見惚《みと》れていたのもあるし、そんな呼び方をされるとも思っていなかったから。

もっとも、ここ十数年、薫香に話しかける者など、ほとんどいなかったのだが。

「頼みたいこととは、一体なんでしょう？　私が贖罪妃さまのお役に立てるとは、思えないのですが……」

やはり慣れない。

「その前に、黒曜さま」

はい、と黒曜は背筋を伸ばす。

「その呼び方はやめて頂けませんか？　薫香とお呼び下さい」

「これは、失礼」

ただ慣れていないだけが理由なのだが、相手はそれ以上の意味をくみ取ったらしく、慇《いん》懃《ぎん》に頭を下げる。

勘違いなのだが、そのままにしておく。

「黒曜さまは、我が一族のことはご存じですか？　まあ、知ってますよね。ある意味、この国で一番有名ですから」

「ええ、存じております。『英雄殺し』の一族として」

はっきり言ってくれる、と薫香は内心苦笑する。

百数十年前、薫香の祖先はある一人の男を殺した。

男の名は、黄龍鏡《こうりゅうきょう》。この黄塵国の太祖にして、最大の英雄。そして薫香の祖先は、龍鏡が全幅の信頼を置く一番の重臣だった。

「なぜ祖先が太祖を裏切り、殺したのか、その理由は分かりません。ただその事実が、その後、我ら一族を長く苦しめてきました」

「そうでしょうね」

祖先の反乱は――それが反乱だったかも、いまは分からないが――、龍鏡の息子と残った重臣たちによって呆気《あっけ》なく鎮圧。祖先は処刑場の露と消える。

残った一族は、人質を差し出すことを条件に、なんとか滅亡を免れた。

「人質は女に限られ、後宮に軟禁。一生をそこで過ごすことを命じられました」

人質が亡くなると、次の人質を差し出す。それを百年以上絶えることなく繰り返すうち、その人質はこう呼ばれるようになった。

独房宮《どくぼうきゅう》の贖罪妃。

「話は聞いていましたが、まだ続いていたとは。お目にかかった今でも、信じられません」

「半ば形骸化していますからね。ですが、我々としては止《や》めるわけにはいかない、いいえ、止めてもらっては困るのです」

「どういうことでしょう？」

興味を持ったのか、黒曜は少しだけ身を乗り出してくる。

「私たち贖罪妃は、人質の役割以外にもう一つ、使命を託されています。それは皇帝陛下に、『英雄殺し』の罪をお赦《ゆる》し頂くよう嘆願すること」

『英雄殺し』の看板は、想像以上に重く、一族に伸《の》し掛かった。

太祖はいまでも、この国で二番目に人気がある。その分、国民の怨《うら》みは消えない。一族に連なるだけで、忌み嫌われ、虐げられた。姓を変え、故郷を追われ、素性を知られることを恐れ、ひたすら息を潜める。そんな生活を百数十年。

「もうそろそろ、赦されてもよいと思うのです」

この天下の大罪から一族を赦免出来るのは、この世で皇帝ただ一人。

皇帝とは天に代わってこの世を統治する者、つまり天の代行者。全ての罪を裁く権利を持ち、同時に全ての罪を赦すことが出来る。

「陛下が罪を赦すと、広く天下に宣言してくだされば、一族は救われる。長《おさ》たちは、そう考えています」

それが一族の悲願。贖罪妃はその悲願を託されている。

「所詮、形ばかりの妃《きさき》。体のいい人質であるにも拘《かか》わらず、陛下にお目通りの機会があると考えているわけですか」

「はい、愚かな考えです」

無為に流れた百数十年という時間が、その結果を物語っている。

それでも、その愚かな考えにすがる以外、他に方法などない。

「私が十歳で後宮に入った時、付き添いの宦官《かんがん》さまは仰《おっしゃ》いました。陛下は時機をみて、必ずお越しになると。私は十年以上待った。そしてその陛下は、先頃亡くなられました」

「……」

ただの慰めの言葉。期待など最初からしてはいなかった。それでも、一縷《いちる》の望みが消えた気がしたのも事実だ。

「前置きが長くなりましたね。あなたにお願いしたいこととは――」

「断る」

「まだ何も言ってませんよ？」

「陛下に会うための手助けを、この俺にしろと言いたいのだろう？」

さも嫌そうな顔で、黒曜が答える。

「察しがよくて、助かります」

ふん、と不機嫌そうに鼻を鳴らすや、黒曜の態度は一変する。

「繰り返し言うが、断る。手助けする理由が何処《どこ》にある？　お前を助けることは、危険を伴いこそすれ、何の見返りもないではないか。それとも今回助けられたことを、恩に感じるとでも思ったか？　或《ある》いは悲劇の一族に同情するとでも？　愚か者が」

黒曜は冷たく笑う。

言葉遣いは横柄になり、椅子に座る姿さえ傲慢に見えてくる。どうやら本性が出て来たらしい。

薫香はほくそ笑む。

「いいえ、あなたはそんな人ではない。その事に安心しました。何しろ無償ほど、高いものはありませんから」

「帰る」

話はここまでとばかりに、黒曜は立ち上がった。足早に出て行こうとするその背に、切り札を投げつける。

「あなたへの見返りですが、秘密を黙っておく、というのはどうでしょう？」

足が止まる。

「秘密？　何のことだ？」

「あなたは宦官ではありません。宦官に扮《ふん》して、この後宮に忍び込んでいる不審者です。違いますか？」

精一杯意地の悪い笑みを浮かべて、相手の様子をうかがう。

歴代の王国がそうであるように、黄塵国の後宮も皇帝と一部の皇族を除き、男子禁制。その後宮内で女官と共に皇帝や妃に仕えるのが、『作られた第三の性』である宦官。

「異なことを。俺が宦官ではない、そう言いたいのか？」

大袈裟《おおげさ》な仕草で両手を広げ、盛大に遺憾を示す不審者。調べてくれとでも言わんばかりだ。

「ええ、そうです」

「何を証拠に？」

太々《ふてぶて》しいほどに、その態度は揺るがない。楽しんでいるようにさえ見える。

怯《ひる》むことなく、立ち向かう。

「あなたが気を失ってる間に、勝手ながら調べさせて頂きました」

不快を示すように、黒曜の眉間にしわが刻まれる。これには薫香の方が慌てた。

「あっ、ご安心下さい。服を脱がすとか、あなたの貞操を汚すようなことは、誓ってしていませんから」

「貞操……」

一瞬、相手の気が緩む。呆《あき》れたようだ。

「実は寝ておられる間に、少しだけにおいを嗅がせて頂いたのです」

「におい？」

「はい。こう、くんくんと」

低い鼻を動かし、においを嗅ぐ仕草をしてみせる。だが、黒曜はますます呆れた様子。

張り詰めていた気配も消えていた。すっかりこちらを舐《な》めている。

「そんなことで一体何が——」

「腐刑、というそうですね」

「えっ？」

　古代から伝わる刑罰の中に、宮刑というものがある。いわゆる去勢で、その別名を腐刑と呼ぶ。性器を切り取られ傷口が腐り、においを発することから、その呼び名が付いたと聞く。

「同じく去勢をうけた身である宦官さまからも、同じにおいがしていいはず。だから、宦官の方は、神経質なほどににおいを気にするといいます。ですが、あなたからは腐臭がまったくしません」

　ふっ、と黒曜の顔が緩む。笑ったのだ。こちらを馬鹿にするように。

「そんなことで、疑ったのか？　愚か者が。お前の言う通り、宦官はにおいを気にする。だから衣類に『香』を焚《た》き染《し》め、におい袋を持ち、腐臭を紛らわせる。腐臭を感じなかったのはそのため。なんの不思議もない」

「私、鼻がいいんです」

「……それが何だ。多少鼻がよいからといって——」

「多少、ではなく、凄《すご》くよいのです」

「だから、それがどうしたと訊《き》いている！」

怒気と共に、卓子《テーブル》に拳を打ち付ける大きな音が響いた。あからさまに不機嫌な顔が、こちらを睨《にら》んでくる。

だが、薫香は動じない。

「私は、鼻がとてもよいのです。幾つも重なり合ったにおいでも、正確に一つ一つ嗅ぎ分けることが出来ます。どんな順番で付着したかも。そして一度嗅いだにおいは忘れません。だから、どんなに他のにおいでごまかしていたとしても、そこに腐臭があれば、嗅ぎ取れないわけがないのです」

ゆっくりと、噛《か》んで含めるように話す。

疑いの眼差《まなざ》しが薫香を射る。

「まるで犬だな。俄《にわか》には信じられん話だ」

「ですが、桃の花は見ておられたはずです」

はっ、とした表情が一瞬だけ浮かび、すぐに険しいものに変わった。

それを楽しむように、薫香は自分の顎を撫《な》でる。

「あとはですねえ、あなたは午前中、書き物をなさっていた。利き手は左で、墨は竜洞《りゅうどう》湖《こ》の物を使われている。午後から人を訪ねていますね。少なくとも四か所」

「なっ⁉」

目を剝《む》く黒曜を尻目に、当たってました？　と薫香は得意気に胸を張る。

「驚くことではありません。すべてあなたの衣装に付いたにおいからの推測です。墨のにおいから書き物をしていた。左の袖と、左手の三本の指に、墨のにおいが強く残っているので左利き。竜洞湖産の墨は、私も使ったことがあります。だから、においを覚えていました。他の物に比べて樟脳《しょうのう》のにおいが強いのが特徴。そして四つの異なる残り香が、衣装に残っておりました。昼食の饅頭《マントウ》のにおいの上に」

「……」

話を聞きながら、ぴくりとも動かない黒曜。

その様子が薫香に、もう一つの確信をもたらす。

（やはり、そうか）

「もう一つ分かったことがあります。あなた、鼻が利かないのですね？　においを感じられない。違いますか？」

顔の中央を通る、綺麗《きれい》な鼻筋を見つめた。

「……」

黒曜は何も言わず、険のある目つきを向けてくる。ただ、青ざめたその顔は、説明を求めていた。

「普通は嗅いでみるものではないですか？　本当に私が言ったにおいが付いているか、確認してみたくなるのが人の心情。でも、あなたは一度もそうされなかった」

わずかに左手首を、隠すように右手で摑《つか》んだだけ。左手首の裏に、引き攣《つ》ったような痣《あざ》があったのを思い出す。

「まさしく犬だな。なるほどお前の鼻は、本物のようだ」

黒曜は椅子を引き寄せ、腰を下ろした。取り乱すこともなく、とても冷静だ。

「お前の言う通り、俺はにおいを感じない。ガキの頃のある経験を境に、鼻が利かなくなった。これで満足か？」

「宦官でないことも、お認めになるのですね？」

「好きにしろ」

そう言った黒曜の目に、強く怪しい光が宿る。一瞬、ぞくりとした。

「変な気は起こさないことだ。お前自身の為《ため》に」

文字通り椅子から飛び上がった、のは黒曜の方。突然、彼の背後に現れた女の囁《ささや》きに、肝を潰したのだろう。

椅子から転げ落ちた黒曜を、女は虫けらでも見るような目で見ていた。褐色の肌と碧眼《へきがん》が、鮮烈な印象を与える小柄な女だ。女は無表情のまま、白磁の碗《わん》を卓子に置き、影のように部屋から出ていく。足音も、気配すらない。まるで白昼に見る幽霊。印象的な見た目が、より気配の希薄さを際立たせていた。

「な、何者だ、あいつ？」

「銀葉《ぎんよう》と言います。この宮の番人で、歴《れっき》とした官吏ですよ」

えっ、と黒曜は目を剝く。

「ああ見えて、力が強いんです。剣の腕もたつ。あなたを見つけ、ここまで運んでくれたのも、あの子なんですよ」

「番人がなぜ、宮の中に？」

「番人ですが、いまは私の世話や護衛も買って出てくれています。危険が迫ると、駆けつけてくれるんですよ」

そう教えてやりながら、意地の悪い視線を向ける。

「さて、先程あなたは、一体何をしようとしたのですか？」

「別に。何もしようとしていない」

うそつき、と言ってやると、忌々し気に顔を背けた。

「心配しなくても、秘密は決して口外したりしません。協力さえして頂ければ」

親交の笑み。

「脅しか？　別に心配なんてしてねえよ。よく考えれば、お前は贖罪妃。誰もお前の言うことなど信じやしない。いや、そもそも話す相手もいないんだろ？」

「おや、冷静ですね」

その冷静さとしぶとさに好感を覚えた。

「それにしても、随分と大きな。薬簞笥《くすりだんす》か？」

椅子に座り直した黒曜が目を向けたのは、壁一面を覆う巨大な薬簞笥。縦横に仕切られ、たくさんの小さな抽斗《ひきだし》が付いている。

「はい、銀葉のお手製です。集めた『香』の材料を仕舞うのに使っています。もっとも仕舞い切れてはいませんが」

簞笥に納まりきらなかった物、例えば乾燥した草や、砕いた鉱石、動物の毛皮などが、周囲に無秩序な山を作っていた。

「香材か」

黒曜は簞笥に近寄り、抽斗の中を一つずつ覗《のぞ》いていく。

「桂皮《けいひ》、丁字、竜脳、乳香、排草香、甘松、山奈、椨《たぶのき》の樹皮に甲香、貝香まであるのか。随分と集めたな」

「なんの呪文ですか、それ？」

怪訝《けげん》そうな顔で、黒曜は振り返る。

「何って、ここに入っている香材の名前だろ？」

「あっ、やっぱりそうなんですね。よく知っておられますね」

「鼻が利かないのは、この国では大きな欠点だ。気付かれないために、出来る限りの

『香』の知識を学んできたからな」

黒曜はさらりと言うが、並大抵の努力ではないだろう。素直に感心する。

「凄いですね。私なんか、半分も分かりませんでした」

「嘘《うそ》だろ？　香材としては基本的なものばかりだぞ？」

「知識なんてほとんど持っていません。何しろ幽閉中の身で、誰に習うことも出来ませんから」

「知らないのに集めたのか？」

「自分がいいと思ったものを集めただけです。私にとって大切なのは、においだけですから」

申し訳なさそうに頭を掻《か》く薫香に、黒曜は呆れ顔。

「一体、どんな暮らしをして来たんだよ」

「至って普通ですよ。あなたが想像されるより、ずっと平穏な暮らしです」

幽閉の身とはいえ、一応扱いは妃《きさき》だ。最低限必要な物は定期的に届けられるし、欲しい物は銀葉を通して注文出来る。香材もそうして取り寄せた。物資に不自由しないのは幸せなことだ。

「ただ、ここでは時間の流れが遅いのです」

「時間？」

宮から出ることは叶《かな》わず、その存在は忌み嫌われている。当然、訪ねてくる者はなく、便りもない。

窓から入ってくる花のにおいで季節の移ろいを知り、遠くに聞こえる調べで宴《うたげ》の様子を思い描く。壁に映る己の影に話しかけ、『香』を焚くことだけを楽しみとする。

淋《さび》しいという感覚は、もう忘れた。

ここが薫香のすべて。狭く、閉ざされた薫香の世界。

その世界に黒曜がやって来た。おそらく薫香が迎えた二人目の来訪者。こんなこと、もう二度とないかもしれない。それだけに、薫香はこの機会に、黒曜に懸けていた。

「ここに入って、何年になる？」

壁を見つめたまま、黒曜が訊《たず》ねてくる。

「確か十三年。それくらいだと思います。ここにいると時間の感覚が鈍ってしまって、はっきりとは言えませんが」

「逃げ出そうとは、思わなかったか？」

「逃げ出せば一族の者に迷惑が掛かります。それと銀葉にも」

「それなら、死のうとは思わなかったのか？」

黒曜はまだ、こちらを見ない。

「過去の贖罪妃の中にはいたようですね。ですが、私は一度もありません」

ようやくこちらに顔を向けた黒曜と目が合う。

なぜ？　と黒曜石の瞳が問いかけてくる。

「私は欲の深い女なのです」

「欲？」

「はい。どんなに良いにおい、素晴らしいにおいを嗅いでも、満たされることがありません。もっと良いにおいが、もっと素晴らしいにおいが、外の世界にはあるのではないか。そう思うと、夜も眠れません。きっとこの世のすべてのにおいを嗅ぐまで、そう思い続けるでしょう。とても死んでなどいられません」

「なるほど、実に欲深い。そして、本物のにおい馬鹿だな」

「誉《ほ》め言葉と、捉えておきます」

にこりと笑いかけると、黒曜は小さく肩を竦《すく》めた。それから何を考えているのか、もう一度、品定めするように薫香を見つめる。

「いいだろう。お前の望み、この黒曜が叶えてやろう」

思いもかけない言葉に、ぱっと目の前が明るくなる。だがすぐさま警戒心が湧き上がった。

「もちろん、ただではありませんよね？」

上目遣いに様子をうかがえば、黒曜は実に底意地の悪い笑みを浮かべる。

「話の分かる女は、嫌いじゃないぜ」

「それはどうも。それで、あなたの望みは何ですか？」

その瞬間、相手の顔から表情が消える。わずかに出来た間に、躊躇《ためら》いを感じた。

「お前に探して欲しい、においがある」

意外だった。

「におい？　どんなにおいです？」

「甘いにおい。華やかで優美、だが粘りつくように濃密で……」

言葉が途切れる。黒曜は手で顔を拭う。額には汗が浮かび、顔色は明らかに悪い。

「大丈夫ですか？」

「何でもない。とにかく強い甘さを感じさせるにおいだ。この後宮で、そんなにおいのする女を探せ。それが条件だ。出来るか？」

「最善は尽くします、としかお答えできません。何しろ捜索対象が曖昧過ぎますから」

「最善か。まあ、いいだろう。出来る、と安易に言う奴《やつ》よりは期待できそうだ」

黒曜は鷹揚《おうよう》に頷《うなず》く。まったく、偉そうだ。

「では」

「何だ？」

差し出した右手を、黒曜は訝《いぶか》し気に見つめる。

「今日から私と黒曜さまは一蓮托生《いちれんたくしょう》。よろしくお願いしますね」

言い終えてから、あることに気付いて、慌てて差し出した手を左に変えた。

少しだけ戸惑う様子を見せた黒曜だったが、面倒臭そうに薫香の手を握る。

「役に立たん奴は嫌いだ。俺の役に立てよ」

態度とは裏腹に、その口元が緩んでいることを、薫香は見逃さなかった。


「思いがけず、よい拾い物をしたわね。お手柄よ、銀葉」

初めての来客を送り出すと、独房宮はいつもの静けさを取り戻す。静寂に響く薫香の声は、上機嫌だった。

「そうでしょうか?」

話を振られた銀葉は、小さく首を傾《かし》げる。

「銀葉はそう思わないの?」

「鼻持ちならない奴、としか思いませんでした」

思わず苦笑する。銀葉の物言いはおもねりがなく、いつも真っすぐだ。聞いていて心地がいい。

美しい褐色の肌と碧眼を持つ彼女は、黄塵国の人ではない。異国から連れてこられたのだ。戦勝の戦利品として。

そんな銀葉が独房宮に来たのは、薫香が後宮入りして三年後のこと。

自分より一つ年下の番人に、初め薫香は驚いた。だが年が近く、孤独を持て余す二人だ。囚人と番人という関係を超え、仲良くなるのに時間はかからなかった。

「まあ、性格はこの際置いておきましょう。協力すると言ってくれるだけでも、有難《ありがた》いじゃない。贖罪妃と聞いただけで、大抵の者は尻込みするというのに」

「望みを叶えてやるなんて、偉そうに言っていましたね。高が宦官《かんがん》ごときに、一体何が出来るというのですか」

銀葉は不満気に鼻を鳴らす。余程、黒曜のことが気に入らないらしい。

「正確に言うと宦官に扮《ふん》しているだけだけどね。でも、それが重要なのよ。偽宦官だと確信したから、私は彼に話を持ち掛けたの」

「どういうことでしょうか？」

「いい？　仮にもここは後宮よ。この国の頂点に立つ皇帝の妃たちが住まう場所。何も持たない者が、おいそれと忍び込める所ではないわ」

「つまり協力者、或《あ》るいは後ろ盾がいるということですか？」

薫香は大きく頷く。

「それも、この後宮でそれなりの力を有する者だと思う」

「そう言われれば、確かに都合のよい拾い物だったかもしれません」

銀葉のいかにもしぶしぶといった様子と、その物言いが可笑《おか》しい。

「問題は誰が後ろ盾についているのか。そしてあいつの目的ね」

「においを探して欲しいと言っていました。本当でしょうか？」

「嘘ではないと思う。でも、それが全てではないでしょうね」

顎に手をあてて考える。思い出すのは、黒曜の暗い目。並々ならぬ執念を感じさせる。

過去に一体何があったのだろう。

「どうします？」

「いずれにしても、黒曜が私を利用しようとしているのは確か。まずは相手の出方を待ちましょう。その間に情報が欲しいわ。調べられる？」

奴隷だった銀葉が、形だけとはいえ官吏として取り立てられたのには理由がある。

一つは忌み嫌われる贖罪妃の番人など、誰もやりたがらなかったから。もう一つは奴隷として幼き頃より、汚れ仕事に携わって来た彼女の経歴と能力。

「あの男のことですね。お任せ下さい」

銀葉は力強く、その胸を叩《たた》いた。

これまでの人生において、唯一、天に感謝したことがある。それは銀葉との出会いだ。

そして今回の出会い。果たして感謝となるか、はたまた怨嗟《えんさ》となるか。

「まずはお手並み拝見といきましょうか」

翌日、黄塵国の後宮内にある噂《うわさ》が広まる。

曰《いわ》く、後宮に『香妃《こうひ》』現る！　独房宮の贖罪妃が、『香妃』の真の生まれ変わりであると自称する、と。


「お前には、皇后になって貰《もら》う」

数日後、姿は見せた黒曜は、開口一番そう口にした。相変わらず態度がでかい。

「はい？」

「なんだ、その道端でいかにも胡散臭《うさんくさ》げな客引きに捕まった時のような表情は？」

「至極真っ当な反応だと思いますが。とりあえずちゃんと説明して下さい」

向かいに座る黒曜に、薫香は先を促す。

「いいか？　仮に皇帝陛下へのお目通りが叶ったところで、簡単に赦《ゆる》しを得られると思うか？」

「……やってみないことには分かりません」

「贖罪妃のままでは駄目だ。何を言っても、軽んじられる。だからまず、お前自身が皇帝に近い権力と発言力を手に入れる。その上で、現行の仕組みを変えていく方が確実だとは思わないか？」

「つまり皇后になれと？」

「そうだ」

あくまで自信満々の黒曜だが、薫香は腑《ふ》に落ちない。

「ですが、皇后は代々四王家の縁者から選出されると聞きましたが？」

黄塵国には四人の王がいる。その誕生は古く、建国の際、大きな功績を上げた四人の重臣が東西南北に土地を与えられたのが始まり。北は軍事、南は農業、西は商業、東は儀式。それぞれの分野で、中央の皇帝と百五十年の繁栄を支えてきた。いまやその権勢は皇帝をも凌《しの》ぐ。

黄塵国の皇帝は、即位すると四王家から一人ずつ妃《きさき》を娶《めと》るのが習わし。そして四人の妃の中から、皇后は選ばれる。

奇《く》しくも先帝の崩御に伴い、二か月程前に新たな皇帝が即位したばかり。後宮は新たに四人の妃を迎え、いままさに皇后選びが行われようとしていた。

「その通りだ。皇后は四王家の妃、四妃《よんひ》の中からしか選ばれない。通常はな」

「仰《おっしゃ》っていることが矛盾していると、分かっておられますか？　四王家に繋《つな》がりのない私が皇后になるのは不可能です」

どこかの王家に養女として潜り込むという荒業もあるにはある。が、薫香に関してはそれすら無理だ。

なにしろ建国時に四王が挙げた最大の功績というのが、太祖亡きあと、幼い皇子を助け逆賊を討伐したこと。つまり薫香の祖先を滅ぼし、百数十年の罰を科した因縁の相手。養女なんて話、向こうも嫌がるだろうが、こちらだって願い下げだ。

そう説明してやったのに、黒曜の顔から自信の表情が消えることはない。

「話をよく聞け。通常は、と言ったはずだ。皇后は必ず四王家の妃の中から選ばれる。だが、例外がある。それが『香妃』だ」

「『香妃』ですか？」

その名は薫香も知っている。むしろ黄塵国では、知らない者はいないだろう。

『香妃』。太祖・黄龍鏡の傍《そば》には、常に一人の巫女《みこ》がいた。彼女は『香』を焚《た》き、立ち上る煙に祈りを乗せ、天に届けた。そして神託を聞く。

彼女によってもたらされる神託が、龍鏡を建国の英雄まで押し上げたと言っても過言ではない。

伝説は語る。この巫女は神がかって鼻がよく、どんな香りにも精通していた。そしてその体からは、得も言われぬ芳香を発していたと。

ゆえに人は彼女を『香妃』と呼んだ。

この国で『香』が神聖視されるのも、『香』の知識に優れた者や鼻の利く者が慕われるのも、彼女の影響が大きい。

「いまや彼女は神格化され、国民の人気は太祖すら遥《はる》かに凌ぐほど。ゆえにいつの時代でも、その再来が望まれている。特に厳しい時代の時ほど。もし本当に『香妃』の再来が叶《かな》った時は、問答無用で皇后に選出される可能性が高い」

「本当ですか？」

「かなり古い話だが、過去に一度だけ『香妃』の再来として皇后になった者がいる」

「はあ、いたんですか」

驚きだ。『香妃』など竜や鳳凰《ほうおう》、麒麟《きりん》と同じく、あくまで伝説上の存在だと思っていた。

「その皇后になった方は、本当に『香妃』だったのでしょうか？」

薫香の素朴な疑問は、黒曜に鼻で笑われた。

「そんなこと、分かるものか。要するに夢見る馬鹿は、どこにでもいるということさ。『香妃』の真偽など問題ではない。大切なのは、前例があるということ」

そう言うと、随分と悪い顔で微笑《ほほえ》んだ。

「なるほど。まあ、何を信じるかは人それぞれですからね」

「ちなみに『香妃』の再来として皇后になった女は、その後の行いから、黄塵国一の悪女と呼ばれている」

「身も蓋もないですね」

ははは、と声を上げて黒曜は笑った。

「ですが、もしその話が本当なら、『香妃』の再来を名乗る者が大勢出てきそうではありませんか？」

ふっと思い浮かんだ疑問を、薫香は口にする。いまの話では、『香妃』と名乗れば皇后になれるのだ。真似《まね》しようとする者が現れないとおかしい。

だが、黒曜はそれには答えず、チラリと窓の外に目を向けた。何を確認したのか、徐《おもむろ》に立ち上がる。

「さて、時間だ。出掛けるぞ」

「出掛ける？　私がですか？」

唐突もいい所だ。戸惑う薫香のことなどお構いなしで、早くしろ、と急《せ》かしてくる。

「ちょ、ちょっと待って下さい。一体、どこへ行くのですか？」

少しだけ考える素振りを見せた黒曜だが、すぐさま意地の悪そうな笑みを浮かべた。

「戦場、かな」

「あの～、これでも私は贖罪妃なんですよ。宮を抜け出して、外をうろうろしているところを誰かに見られでもしたら、いろいろ大変なんですから」

周囲の様子をうかがいながら、前を歩く背に声を掛けた。ひそめた声は自然と棘《とげ》を帯びる。

「安心しろ。正確に言えば、お前は呼び出された立場だ。誰も文句は言わん」

「呼び出された？　誰にです？」

「皇帝陛下、の代理だ」

「えっ？」

つい大きな声が出てしまった。黒曜がこちら振り返ったので、慌てて両手で口を押さえる。だが、黒曜の関心はまったく別のこと。

「それよりどうだ、その衣装は？」

「頭が、重いです」

恥ずかしさもあって、素直な感想が口を吐く。

いま薫香の髪は、見たことがないほど高い髷《まげ》に結われている。そこに無数に挿さった櫛《くし》と簪《かんざし》。そのため信じられないくらい頭が重い。少しでも体勢を崩すと、小柄な薫香はひっくり返ってしまいそうだ。おまけに身に着けている衣装は煌《きら》びやかだが、とにかく動きにくい。慣れない化粧も合わさって、二重三重の苦行。

外に連れ出すのには準備が必要だと言われ、着替えさせられた。

黒曜が持ち込んだ大きな箱の中には、妃の衣装が一揃《ひとそろ》い。どれも薫香が見たこともない煌びやかな物ばかり。あっという間に着古した衣を取り上げられ、その煌びやかな衣装で包まれる。そればかりか髪は結い上げられ、化粧までされた。

全てが終わった時には、ただただ茫然自失《ぼうぜんじしつ》。向けられた鏡には、まったく知らない自分が映っていた。

「よく似合っている」

黒曜は殊の外満足そうに笑う。薫香を褒めてのことではない。ただの自己満足の笑み。

驚くべきことに着付けから、髪結い、化粧まで、すべて黒曜の手によるもの。

それがまた衝撃と敗北感をもたらす。

「随分と器用なんですね」

「後宮で妃たちの信頼を得るために、一通りのことは出来るよう準備してきたからな」

渾身《こんしん》の皮肉にも、何でもないことのように答える。

後宮に潜り込む際、宦官《かんがん》に扮《ふん》するか、女官に化けるか悩んだと、冗談とも本気ともつかないことまで口にする。思わず女官に化けた黒曜を想像しかけて、慌てて止めた。これ以上の屈辱は御免だ。

「それで一体どこへ行くんです？　皇帝陛下の代理に呼び出されたとは、どういうことです？　いい加減、教えて下さい」

「これから沈香亭《じんこうてい》に行く」

「沈香亭？」

黒曜の話によれば、沈香亭は皇帝や妃たちの憩いの場。建材に香木でもある沈香を使用しているのが、その名の由来。そればかりか、欄干には檀香《だんこう》を使い、壁には麝香《じゃこう》や乳香が塗り込まれているという。

「な、なんて贅沢《ぜいたく》な！」

良質な沈香は、同じ重さの金と取引される。つまり沈香亭とは、黄金で作られていると言ってもよい。

そうでなくてもにおい好きには、夢のような建物だ。聞いただけで涎《よだれ》が、もとい鼻がむずむずしてくる。

「それで？　沈香亭で優雅にお茶でも、なんてわけではないですよねえ？」

「もちろんだ。何しろお前は、後宮の風紀を乱した不届き者として、取り調べを受ける身だからな」

「……どういうことです？」

不届き者とは、寝耳に水だ。だが、黒曜はしたり顔。

「先程のお前の質問の答えだ。『香妃』を自称し、皇后の座を掠《かす》め取った女の話が広まると、『香妃』を自称する者が大勢現れた。お前の言う通りさ」

「そうでしょうね」

皇后選びにおいて『香妃』は抜け道であり、鬼札。真似する者が出てくるのは当然だ。

「問題は、誰も本物の『香妃』を知らないことだ」

「自称されても、真偽の判断が出来ないということですね」

黒曜は頷《うなず》く。

国中に『香妃』の伝説や、物語は溢《あふ》れている。だが、そのほとんどが信憑《しんぴょう》性にかけるものばかり。

確かだと言われているのは、その体から強い芳香を放っていたこと、鼻がずば抜けてよかったこと、そしてあらゆる『香』に精通し、神託をもたらしたことくらい。

『『香妃』を語る上で、その三つの要素は欠かせない。だが、それにしたって名の由来にもなっている体臭芳香はともかく、鼻と『香』の知識に関しては、どれくらいという具体性がない」

「判断材料にはなりませんね」

事実、唯一皇后の座を掠め取った女はひどい悪女で、歴史にその悪名を刻んでいる。『香妃』の再来などではなく、ただの詐欺師だったというのがいまの通説だとか。

「かと言って、自称する者すべてを皇后にすることなど出来ない。困った時の皇帝が、一つの解決策をひねり出す。後宮で『香妃』を自称する者は、風紀を乱したとして、全員厳罰を科すことにしたんだ」

「随分、大胆な策ですね」

そして薫香は、ようやく自分が厳罰の対象であることを理解する。

「だが、効果はあった。それ以降、この後宮で『香妃』を自称する者はほとんどいない」

黒曜の説明に納得しつつも、薫香は首を捻《ひね》る。

「でも、もし本物の『香妃』の再来がいたらどうするんです？」

「その時の為《ため》に、一応、取り調べが行われる」

一応、という言葉が不安を誘う。

「取り調べを受けて、厳罰を免れた、つまり『香妃』と認められた方はいるんですか？」

「前に言っただろ？『香妃』を自称して、皇后になった者はただ一人だと」

要するに厳罰を免れた者はいないということ。薫香の口から、思いっ切りため息が出た。

「安心しろ、あくまで今のところは、だ。取り調べの方法は分からないが、何でもにおいに関することらしい。だとしたら、お前の鼻なら望みがある」

じろりと隣に立つ黒曜を睨《にら》む。

「まったく、他人事《ひとごと》だと思って。ですが、分かりました。皇后の座を狙うには、そのくらいの危険は付いて来るってことですね。とにかく、やってみましょう」

思っていた以上に、皇后への道が厳しいことは分かった。同時に思っていた以上に、黒曜が食わせ者だということも。

行く先に巨大な池が見えてきた。城外を流れる川から、地下を通して水を引き、後宮内に造った人工池だという。そのほとりに建つのが沈香亭。

沈香亭は八本の柱と八面の壁を持つ八角形の東屋《あずまや》だった。黒曜に続いて、短い階段を上がる。

「黒曜です。贖罪妃さまをお連れしました」

八面あるうちの一つを叩《たた》き、黒曜が中に取り次ぐ。すると八面全てが一斉に開く。同時に溢れ出した芳香の濁流に、薫香は一瞬でのみ込まれた。

「おい、大丈夫か？」

「ええ、大丈夫。突然たくさんのにおいが流れてきたから、驚いただけです」

一瞬ふらついた薫香の体は、黒曜の腕に支えられた。驚きと恥ずかしさで、慌ててその腕の中から逃げ出す。

どうやらすべての壁は、外向きの開き戸になっていたらしい。開け放たれた亭の中は思いのほか広く、中央に丸い卓が一つ据えられている。卓の上では無数の香炉が、細い煙を立ち上らせていた。どうやらにおいの濁流の正体は、この無数の香炉のようだ。

（でも、なぜこんなに香炉が？）

「遅い！　この儂《わし》を待たせるとは、よい度胸だ！」

薫香の疑問は、突然の怒号に掻《か》き消された。

卓の脇に立つ宦官服の者が、顔を真っ赤にして喚《わめ》いている。

その姿を一目見るなり、薫香は思わず感嘆した。なにしろよく肥えている。見事なまでの二重顎に、丸く大きく突き出した太鼓腹。全身が程よく丸い姿は、愛嬌《あいきょう》すら感じてしまう。対照的に、面皰《にきび》だらけの顔は醜悪に歪《ゆが》み、唾と一緒に文句を噴き出している。

「静かに。ここは神聖なる帝《みかど》の後宮、騒がしくしては妃《きさき》たちの機嫌を損ねるぞ。それにまだ約束の刻限には、いま少し時間がある。文句を言いたくば、よく確認してからにしろ」

しれっと黒曜があしらうと、宦官は悔し気に押し黙る。

「薫香さま、こちら薫香さまを呼び出された田岩《でんがん》さまです。本日の取調官を務められます」

どんな奴《やつ》、と小声で訊《たず》ねれば、愚物、と返って来た。

なるほど、と頷く。

宦官がこちらを向いたので、あわてて拝礼する。

「初めまして、贖罪妃こと李《り》薫香と申します」

途端に宦官は袖で顔を隠し、大袈裟《おおげさ》なまでに慄《おのの》く。

「おお、恐ろしや。これが裏切りの一族の末裔《まつえい》か。近寄るな、近寄るな。穢《けが》れがうつったら如何《いかが》するつもりだ！」

贖罪妃に初めて出会った時の、実に模範的な反応だ。『裏切りの一族』と罵られていた故郷にいた頃を思い出し、懐かしさすら感じる。

「気にするなよ」

「気にしてませんよ」

横に立つ黒曜の気遣いが、少し意外だった。

そんな二人の前で、宦官は大威張りで声を張り上げる。

「よく聞け、後宮の風紀を乱す不届き者！　儂はそなたが本当に『香妃』の生まれ変わりであるか、皇帝陛下に代わり見定めるよう仰せつかった。つまり儂は皇帝陛下の代理人である。そのこと、くれぐれも肝に銘じておけ。よいな？」

「ということは、陛下はお見えにならないのですか？」

「あ、当り前だ！　なんで贖罪妃のお前ごときのために、陛下自らが足をお運びになろうか！　身の程をわきまえよ！」

そうだろうとは思っていたが、少しだけ気落ちする。

その様子が気に入らなかったのか、侮られていると思ったのか、取調官は不機嫌を隠そうともしない。蛇のような目で、こちらを睨みつけてくる。

「よいか、これからそなたには一つ、聞香をして貰《もら》う。真《まこと》に『香妃』の生まれ変わりなら、聞香など造作もないこと。見事正解出来ればよし、出来なければ――」

「結構です。で、どのような聞香ですか？」

わざと相手の言葉を遮ってやる。忌々し気な舌打ちが響く。

聞香とは『香』を焚《た》き、そのにおいを嗅ぎ分ける遊戯。一口に聞香と言っても、様々な遊び方がある。

「いま説明してやる。よいか――」

一陣の風が通り抜けた。

（あっ）

薫香は風の中に涼やかなにおいを嗅ぎ取る。

「お待ちなさい」

凛《りん》とした響きに、取調官の言葉は再度遮られた。

沈香亭の八つある扉の一つに、数人の女官を従えた女が姿を現す。すらりと背が高く、長い烏羽《からすば》色の髪を美しい金銀の櫛《くし》で飾り、その輝きすら霞《かす》むほどの美貌。年は二十三、四。人を圧倒する気品と貫禄《かんろく》がある。一目見るなり『毅然《きぜん》』という言葉が頭に浮かんだ。

一嗅ぎすれば薫風を思わせる涼やかな香りが広がった。だが、その奥にはきちっと一本芯が通っている。自然と背筋が伸びてしまう、そんな香りを身に纏《まと》っていた。

薫香の時と同じように言葉を遮られた取調官だったが、その対応はまるで違った。

「こ、これはこれは東蕙妃《とうけいひ》さま！　このようなところへ足をお運び下さるとは、恐れ多い限りでございます！」

すっ飛んでいくや、跪《ひざまず》かんばかりの勢いで出迎える。先程までの横柄な態度が嘘《うそ》のようだ。

「誰?」

黒曜にそっと訊ねる。

「東蕙妃さまだ。東王家の縁者で、皇后候補の四妃のひとり。その美貌はもちろん、聡明そうめいにして清廉。最も皇后に相応《ふさわ》しいと専らの評判だ」

お前とは大違いだな、と要らぬ一言まで付いてきた。評判に違《たが》わずといったところか。

「でもどうして、東蕙妃さまがわざわざここに？」

「愚問だな。この取り調べの結果次第では、お前は東蕙妃さまと皇后の座を争うことになるのだぞ。『香妃』を名乗るということは、そういうことだ」

畏《かしこ》まる宦官《かんがん》に東蕙妃は慈愛の笑みを向ける。

「この聞香、私も見学、いえ視察させて頂きます。よろしくって？」

その視線が薫香に向けられる。親しみとも、挑発ともとれる笑みを浮かべて。

（敵情視察、ってわけですか）

薫香は小さく唇を舐《な》めた。

もちろん彼女は返事など必要としていない。さっさと沈香亭の一角に座を占める。

「取調官殿」

「は、はい」

「言うまでもないことですが、これは陛下の命による取り調べ。くれぐれも公正なご判断を。まかり間違っても私心など挟めば、それは陛下への反逆と心得られますよ。いいですね？」

「し、承知しております」

肥大した宦官の体と態度が、みるみるうちに萎《しぼ》んでいく。

「なんて言うか、格が違うって感じですね」

「さすが、皇后の最右翼。見事な脅しだ」

ただただ感心する。

「そ、それでは東蕙妃さま、取り調べをはじめてもよろしいでしょうか？」

すっかり大人しくなった取調官が、恐る恐る伺いを立てる。

だが、東蕙妃は小さく右手を上げ、それを制す。伺いを退けられ、戸惑い狼狽《うろた》える取調官を尻目に、東蕙妃は厳かに告げる。

「どうやら視察に訪れたのは、私だけではないようですね」

ほぼ同時に三つの強い香りが、別々の扉から亭の中へ入って来た。

「面白そうなことをやっているじゃないか。俺も交ぜてくれよ」

北側の扉から入って来たのは、目を奪うような長身の美丈夫。長袍《チャンパオ》を着用し、腰には革帯を締め、黒い長靴を履いている。

獣を思わせるしなやかな身のこなしと、猛禽類《もうきん》のような鋭い眼光。艶然とした笑みは、身の毛もよだつほどに美しい。纏う香りにも、野性を感じさせる力強さがあった。

「北の王家より参られた北麗妃《ほくれいひ》さま。豪胆さと、鉄の精神を併せ持つ異端の姫君。剣技武術に優れ、自ら兵を率い戦場にも出るそうだ」

「えっ、お姫さまなの⁉」

よく考えれば当然の話だ。ここは後宮。皇帝以外に男性が入ることは許されない。だから、男性であるはずはないのだが、それでも俄《にわか》には信じがたい。

「ふん、北の番犬が」

北麗妃の衝撃がおさまらぬうちに、今度は西側の扉から声がかかる。そちらを見た瞬間、ギョッとした。

道士服に身を包んだ女が入ってきた。正確に言うなら、おそらく女性と思われる人物が。というのも、その顔は帽子から垂れ下がった面紗《めんしゃ》に阻まれて、うかがうことが出来なかったからだ。相貌はもちろん、性別すら分からない。

纏うのは丁字の香り。爽やかなのに、ピリッとした苦みを感じる。まるで野ばらの棘《とげ》。癖が強いのに、慣れるほど求めたくなるにおいだ。

「西の王家の西華妃《せいかひ》さま。計算高く、策謀を好むとか。異民族の血が流れているという噂《うわさ》だが、その顔を見た者はいないそうだ」

「ふん、異国かぶれの食わせ者と聞いてはいたが、なんだいその変な布は。何かのまじないかい？」

小馬鹿にしたように北麗妃が鼻を鳴らす。

「馬を追って草原を駆け回るしか脳のない犬には分からぬだろう。面紗《ベール》という物だ。異国の物だが、重宝している。我が相貌を拝せるのは、我が夫たる者だけ。汚らわしい野犬の視線を遮るのには丁度よいのでなあ」

声自体は若い女性のものだが、喋《しゃべ》り方は老練な翁《おきな》のそれ。その隔たりが西華妃の得体の知れなさを助長する。

一方、犬扱いされた北麗妃は、分かりやすく不機嫌を示す。

「けっ、そんなに面に自信がないならこんなとこへ来るな。守銭奴のえせ道士が」

「異なことを。黄塵国の皇后に美貌など必要ない。求められるのは、陛下への助力のみ。そんなことも知らんのか、吼《ほ》えるだけが取り柄の駄犬」

北麗妃と西華妃との間に、見えない火花が飛び散る。それを東蕙妃が、余裕たっぷりの表情で眺めていた。薫香は思わず首を縮める。

「北と西の王家は、代々いがみ合ってきた。だから歴代の妃同士も諍《いさか》いが絶えないらしい」

「でしょうね」

黒曜の耳打ちに、薫香はそっと肩を竦《すく》めた。

北と西、いがみ合う二人を他所《よそ》に、最後の来客が姿を見せる。

南側の扉から入って来たのは、鮮やかな若草色の広袖を身に纏った妃。ゆったりとした衣装にも拘《かか》わらず、その実りの豊かさが分かる。それに反して顔には小動物のような愛らしさ。東蕙妃のように圧倒的な美貌ではないが、逆に気圧《けお》されない分、人気を集めそうだ。年もおそらく四人のうちで一番若い。まだ十代だろう。

においも正統派。誰が嗅いでも、どこで嗅いでも、良《い》いと感じるにおい。ほどよく甘く、癖も少ない。

最後に相応しくゆったりとした足取りに貫禄を感じる。その顔は鉄仮面の如《ごと》く、些《いささ》かの表情も見られない。あまりの無表情に、どこか冷たい印象を受ける。

一瞬、薫香は女と目が合った。キッと無言で睨《にら》み返され、慌てて視線を逸《そ》らす。

「南貴妃《なんきひ》さまだ。南の王家の縁者ということだが、養女という話だ。それ以外にはこれといった情報はない」

黒曜の解説に頷《うなず》く。

「図らずも四妃全員が揃《そろ》うことになりましたね。そしてこれがお互い初顔合わせ。本来なら挨拶代わりにお茶でも、と言いたいところですが、無用ですね。お互い仲良くしたくて、ここに来たわけではないでしょうし」

一番年長と思われる東蕙妃が、ゆっくりと一同を見渡す。

「当然だな」

「無益なことに割く時間を持たぬ」

「……」

他の三妃《ひ》が異口同音の反応を示す。

「なに、この空気の悪さは……」

「この四人は、たった一つの皇后の座を懸けて争うのだから当然だ。そして何を他人事《ひとごと》のように言ってる」

何をいまさら、と黒曜に叱られる。

「そして私たちの争いに加わりたいという方が、もう一人」

奇《く》しくも四人の妃の視線が、一斉に薫香を捉えた。四方から睨まれて、まさに袋の鼠《ねずみ》状態。おまけにどの視線にも微塵《みじん》の好意も感じられない。

薫香はあからさまにため息を吐《つ》く。なるほど、ここは戦場だ。

「取調官殿、お待たせしました。始めて下さい」

四妃の登場ですっかり影が薄くなり、片隅で震えていた取調官が飛び上がる。慌てて中央に進み出た。

「そ、それでは取り調べを始めさせて頂きます」

取調官は持参した木箱から書簡を取り出し、中央に呼び出された薫香の前で読み上げる。

皇帝からの書状で、この取り調べが皇帝認可のものであることなどが書かれていた。

自分の運命を左右する内容を、薫香は――

（さすが皇帝の書状、いい紙といい『香』を使っているなあ～）

夢見心地で聞いていた。

書簡の紙はもちろん一級品で、しっかりと『香』が焚《た》き染《し》めてある。その『香』がまたよい物で。あたりに漂うそのにおいに、薫香はうっとりとしていた。

「以上である！　では取り調べの方法を説明する」

ようやく我に返る。

「取り調べの方法は聞香。まずここにある香炉で焚いている『香』のにおいを嗅いでもらう」

宦官は手にした香炉を示す。両手に納まるほど小さなその香炉からは、白い煙が立ち上っている。

「その『香』の種類を当てればよいのですか？」

先程から薫香の背後に控えていた黒曜が口を挟む。

「焦るな！　そうではない。この香炉のにおいを嗅ぎ、それと同じにおいの物があの中にある。それを選び出してもらう」

宦官が指し示したのは、先程から卓の上で香煙を上げている香炉たち。その数ざっと二十はある。

同時に四方から零《こぼ》れる嘲笑。そして勝ち誇ったような宦官の顔が、その難易度を示していた。

「結構です。では香炉を」

取調官から香炉を受け取る。炉身は深く丸みを帯び、底に小さな脚が三本、蓋はない。中には三角錐《すい》に整えられた灰の山。その中には炭が埋められ、山の頂上に問題の『香』が載せられている。

灰の上には黒い丸薬のようなものが三つ置かれていた。

「練香だな」

後ろから覗《のぞ》いていた黒曜が呟《つぶや》く。

「練香とは、何ですか？」

薫香が訊《たず》ねると、黒曜は目を剝《む》き、近くで聞いていた取調官は噴き出した。

「お前、練香も知らないのか？」

「だから、におい以外の知識は浅いと言っているじゃないですか」

顔を引き攣《つ》らせながらも、黒曜は練香について説明してくれた。

「練香は主に『香』の材料となる香材を粉末にし、蜂蜜で練り固めたものだ。草木の香材が多い南の方で盛んな『香』の一種。練ってから壺《つぼ》に入れ、地上に埋めて寝かせる。完成までは約三か月。手間がかかる分、値も張る。なにより同じ材料で作っても、わずかな量の違いや練り方、寝かせた期間の違いによって香りが微妙に変わってくるという話だ」

「つまり見分けるのが難しいということですね」

卓を挟んだ向こう側で、取調官がニヤニヤと嫌な笑みを浮かべている。

腹立たしいが、いまは気持ちを落ち着かせる。

（滅多に嗅げない上質の『香』。雑念混じりで嗅いだら、勿体《もったい》ない）

薫香はいつものように大きく息を吸い込み、それから吐いた。頭と肺の中を空っぽにしてから、ゆっくりと香炉を鼻に近づける。

一瞬、情景が頭に浮かんだ。

降りそそぐ日差しは柔らかく、窓から見える庭には梅の花。冬の寒さを耐え忍んだ梅の花は麗しく、その香りは気高い。

（ああ、これは春のにおい。春の『香』だ）

そのにおいを存分に楽しむ。

「結構な香りでした」

香炉を卓に置き、静かに一礼する。

それから、ずらりと香炉が並ぶ卓子《テーブル》を見た。確かにこの中から、ただ一つのにおいを見つけ出すのは困難かもしれない。薫香以外の者なら。

あと二十回も『香』を嗅げることに、薫香は心の底から歓喜した。


「結構な香りでした」

薫香が二十個目の香炉を卓に置いた時、誰からともなくため息が漏れた。

「よ、よし、では解答を聞かせて貰《もら》おう」

しきりに額の汗を手巾《しゅきん》で拭いながら、取調官が薫香に答えを促す。

「十七ですね」

薫香は迷いなく答え、「十七」の札が付いた香炉を差し上げる。

その瞬間、取調官の顔が驚きに歪《ゆが》むのを見た。だが、それも一瞬で、すぐに卑下た笑みを浮かべる。

「よろしい。では、正解を発表する」

取調官は懐から注意深く、一通の書簡を取り出す。恭しく掲げてから、封を解く。開いて内容を確認すると、取調官は書簡をこちらに向け、高々と掲げた。まずは四妃に見えるよう四方に掲げ、最後に薫香の鼻づらに書簡を突きつける。

そこには大きく「八」と書かれていた。

「ふん、偽者か」

北麗妃の呟きと、黒曜の舌打ちが耳に届いた。

「なんですか、これ？」

突きつけられた書簡の意味が分からず、薫香は首を捻《ひね》る。

「なんですか、ではない！　答えだ、答え！　『八』が正解！　つまり、お前は間違えたんだ!!」

喚《わめ》き散らしながら、巨体が嬉《うれ》し気に飛び跳ねる。

「いいえ、違います。『八』ではありません」

思っていた以上に、薫香の声は響いた。そして、急速に沈黙が訪れる。

「ば、馬鹿なのか、お前は!!　これはなあ、陛下自らがお書きになった解答だぞ!!」

顔を真っ赤に染め、下顎の肉を震わせ、取調官は書簡を押し付けてくる。

「それでは、皇帝陛下が間違っておいでなのです。『八』は確かによく似てはいますが、苦みが足りません。答えは『十七』です」

揺るがぬ薫香と、揺らぐ取調官の巨体。

「な、なんと恐れ多い。聞かれましたか、皆さま方！　この者、あろうことか皇帝陛下の書簡を否定しましたぞ！　よいか、この書簡は陛下の直筆。つまりは、この書簡は陛下そのもの。お前は皇帝陛下を否定したのだ！　これを反逆以外の何物でもない!!　まさに『英雄殺し』の末裔《まつえい》に相応《ふさわ》しい暴挙よ！」

陛下そのもののはずの書簡を振り回し、取調官はまた喚き散らす。

薫香は手を伸ばし、書簡を奪い取る。

「あっ、何をする⁉」

仰天する取調官を無視して、書簡に鼻を付けた。それから真っすぐに、取調官を見据える。

「この書簡、本当に皇帝陛下のものですか？　先程のとは違い、この書簡からは『香』のにおいがしないのですが」

薫香にとっては、素朴な疑問。だがその疑問が、取調官の顔をこれでもかというほど歪ませ、場の空気を一変させる。

「か、返せ！」

必死の形相で取調官が、薫香から書簡を奪い返す。頭の上まで掲げられてしまっては、小柄な薫香が跳ねても届かない。

だが、長身の黒曜にとっては造作もないこと。

「あっ⁉」

あっさりと取調官から奪い取り、追い縋《すが》る手も簡単にいなす。

「陛下自らお書きになる書簡の紙には、『龍香』という、皇帝のみが身に纏《まと》う秘伝の『香』を焚き染めることになっている」

そう説明しながら、おもむろに書簡に鼻を近づける。

「確かに、この書簡からは『龍香』のにおいがしない。一体どういうことですかな、取調官殿？」

笑顔で問い詰める黒曜。その目は冷たく、美しい顔立ちと相まって凄《すご》みがある。

（いやいや、あなたは鼻が利かないから、においなんて分からないでしょう。とんだ食わせ者だわ）

内心、苦笑いの薫香だが、いまは黒曜に加勢する。

「取調官さまの懐から、先程と同じにおい、『龍香』のにおいがします」

「ほう、書簡はもう一通あるのですかな？　出していただこうか」

黒曜が詰め寄る。

「こ、これは違う！　違うんだ!!　いや、書簡などない、ないぞ!!」

ないと言いつつ、懐を庇《かば》うように背を丸める取調官。逃げる取調官と、追いかける薫香と黒曜。場は混乱に陥った。

「止《や》めなさい。見苦しいですよ」

静かだが有無を言わさぬ下知。薫香と黒曜は我に返り、声の主に目を向ける。

「答えはもう出ました。取り調べは終了です」

「で、ですが東蕙妃さま……」

食い下がろうとする薫香に、東蕙妃は小さく首を振り立ち上がる。

「残念です、贖罪妃。どうやらあなたとは、争い合わなければならないようです」

一瞬、何を言われたか分からなかった。同じくぽかん、と口を開けている黒曜と顔を見合わす。

「あの、合格なのですか？」

「残念ながら」

そう言い残すと、東蕙妃は踵《きびす》を返し、沈香亭をあとにする。

「取り調べの結果は、その豚宦官《かんがん》の顔に書いてある。あんたの勝ちだよ」

北麗妃に言われ、取調官を見れば顔面蒼白《そうはく》。今にも泣き出さんばかり。

「わ、私は、へ、陛下のために……」

「心にもないことを。ぬしのために忠告してやる。誰に頼まれたか知らんが、余計なことは口にせず黙っていろ。さもないとぬしの命、ないぞ」

罪を逃れようとする罪人を、西華妃は冷たく切り捨てる。取調官はその場にくずおれた。

どうやら本当に取り調べを通ったらしいと理解した時には、北麗妃の姿も、西華妃の姿もなかった。ただ一人残っていた南貴妃はしばらく無言で薫香を見つめていたが、そのまま何も言わず立ち去っていった。

「なるほど。確かにここは、大変なところのようね」

翌日、独房宮を訪れた皇帝の勅使に、薫香は皇后選びの儀式である御前聞香《ごぜんもんこう》への参加を言い渡された。

五人目の皇后候補の噂《うわさ》は、あっという間に後宮中に広まっていった。

第二章　後宮に化け猫は香る

「廣黒曜《こうこくよう》。太監に所属する宦官、ということになっています。年齢は二十一歳。都郊外の小さな村出身で、この春、正式登用。つまり先帝が崩御され、後宮が一新されるにあたり、その採用に引っかかったわけです。仕事ぶりは極めて優秀。おまけに容姿端麗で、後宮の女官たちの間でも噂になるほどです」

銀葉《ぎんよう》から黒曜についての調査報告を聞く。

ここに来るまでは、奴隷として汚れ仕事にも携わっていたという銀葉だ。その時の繋《つな》がりはいまも生きているらしく、この手の調査は朝飯前。

「ふ〜ん、非の打ちどころがないってわけね」

「陰で虎の威を借りる狐《きつね》と揶揄《やゆ》されているように、上役には気に入られているようです」

「上役は誰？」

「太監の長である霍白檀《かくびゃくだん》さまです。現皇帝がまだ皇太子だった頃からの側近にして教育係、まだ陛下がお若いこともあって『影の宰相』とも噂されるお方。切れ者と評判です。採用に関しても白檀さまの一存だったそうです」

「他には？　何か気になることはある？」

「この後宮に来るまでの足取りがはっきりしません。まだ調査中ですが、このまま調べても何も出てこないかもしれません。どうも意図的に過去を消した痕跡があります」

ふ〜ん、と唸《うな》ってから、薫香《くんこう》は天井を見上げる。

（白檀さまは当然、黒曜が偽宦官だということを知っているはずだ。そうなると黒曜を後宮に潜り込ませたのは、その白檀さまだろうか？　しかし黒曜が人に命令されてやっているとは思えないし、素直に命令に従うって柄でもないだろうし）

しばらく考えていたが、やがて諦める。まだ情報が少なすぎる。

「探して欲しいにおいとは、一体なんなのでしょう？」

薫香は眉を顰《ひそ》める。

「探して欲しいにおい、か」

思い出したのは、沈香亭《じんこうてい》での取り調べを終えた後のこと。黒曜に四妃《よんひ》のにおいについて問い質《ただ》された。物凄《ものすご》い剣幕で。

「四人とも多少なり甘いにおいは混じっていました。ですが、どなたも濃密というほどには強いものではありません」

そう答えると、あからさまに肩を落としていた。

「いまは大人しく待ちましょう。数日もすれば動きがあるでしょう。黒曜か、四妃か、あるいは皇后選びについてか」

一礼して下がろうとした銀葉が、思い出したように足を止める。

「そういえば『香妃《こうひ》』について、小耳に挟んだことが。十数年前にも同じようなことがあったそうです」

「同じようなことって？」

「先帝が即位された時、やはり皇后選びの最中に出たそうです、『香妃』を名乗る女が」

「出た、なんて言うと幽霊みたいね。でもまあ、『香妃』は皇后選びの鬼札みたいだから、同じことを考える人はいたでしょうね」

それにしても状況が酷似してますが、と言い残し、銀葉はその場を辞した。

「というわけで、晴れてお前の御前聞香《ごぜんもんこう》参加が決定した」

数日後、予想通り黒曜が姿を見せた。

「はあ、そうですか。ところで御前聞香というのは、一体何をするんです？」

「御前聞香というのは、代々黄塵国《こうじんこく》に伝わる皇后選びの儀式だ。黄塵国にとって『香』がいかに重要なものであるかは知っているだろ？」

小さく頷《うなず》く。

黄塵国で『香』は神聖な物。なにより重要な天への捧《ささ》げ物であり、『香』と引き換えに天の意志、神託がもたらされる。捧げる『香』を間違えれば、神託はもたらされず、国は衰退する。

「天の声を聞くのは天子たる皇帝陛下。そして捧げ物である『香』を用意するのが、皇后の役目となっている。要するに昔『香妃』がやっていたことを、皇帝と皇后で分担しているわけだ。そのため御前聞香では四妃それぞれが『香』を用意する。それを陛下が全員の前で嗅ぎ、神に捧げるに最も相応《ふさわ》しいと思う『香』を選ぶわけだ。そしてその『香』を用意した妃《きさき》が皇后となる」

「なるほど。ですが、それだと結局は陛下のご一存によるのではないですか？　たとえば『香』より、妃の好みで選んでもいいわけですよね」

素朴な疑問を差し挟んだ薫香を、黒曜は冷たい目で見下ろす。

「愚か者め。これは神前で行われる国にとって重要な儀式。私心を挟むことは許されぬ。もし嘘《うそ》や私心で選ばれた『香』を天に捧げれば、神託は下されない。代わりに天から下されるのは罰だ」

そう言う黒曜の物言いは実に白々しく、自ら口にしたことを信じていないのは明白だ。なぜ天はこの者に罰を下されないのか？　実に不思議に思う。

「罰とは、たとえばどのような？」

「天災、飢饉《ききん》、疫病、外敵の侵入など様々だ。もちろんその『香』を選んだ皇帝自身にも罰は下る。不慮の事故や、早世された時などは、御前聞香での虚偽が真っ先に噂されるくらいだ」

「そういえば先頃崩御した先帝も、確か早世ですよね？」

そうだな、と答える黒曜の顔は、わずかに曇っているように見えた。

「いずれにせよ天罰なんてものが本当に存在するのか、実際のところは誰も分からん。現実的な話をすれば、誰がどの『香』を用意したか、陛下には伝えられない。私心を挟む余地は、最初からないのさ。あくまで公明正大な儀式だ、建前上は」

大きく肩を竦《すく》めて見せる黒曜。

「現実的な考えですね」

「当然だ。そもそも皇帝が天の声を聞けるかも、怪しいからな」

「いいんですか、そんなこと言って。誰かに聞かれたら、首が飛びますよ」

「別にいいさ。ここにはお前しかいない。そして贖罪妃《しょくざいひ》であるお前の言葉などに、耳を傾ける奴《やつ》なんて誰もいないよ」

俺以外はな、と自らを指し示す。

思わず苦笑いが零《こぼ》れた。

「それでは、私も『香』を用意しないといけないのですか？」

「いや、その必要はない。お前の御前聞香への参加方法は検討中だ。なにしろ今まで取り調べを通った奴はいなかったからな。上は揉《も》めてるぜ」

　黒曜は声を上げて笑う。実に楽しそうだ。その様子を見ていた薫香は、あることを思い出す。

「ですが、十数年前にも『香妃』を名乗った妃がいたと聞きました。その時も、同じように皇后選びの最中だったと」

　笑い声が、ぴたりと止まる。

「よく、知ってるな」

「銀葉は優秀ですから。十数年ぶりの出来事は、前代未聞でしょうか？　いささか大袈裟《おおげさ》な気がしますが」

　黒曜はわずかに視線を逸《そ》らす。

「そんな愚か者も、いたようだな。だが、その時は大事《おおごと》になる前に収束した。参考にはならんよ」

「収束したとは？」

「死んだのさ、その愚か者。御前聞香より前に」

　面白くなさそうに、そう答えたきり黒曜は黙り込む。

「そう、ですか」

　曖昧に頷く。いろいろと疑問はあったが、とても訊《き》けそうになかった。

重苦しい時が、しばらく流れた。

「そう心配するな。お前には、俺が付いている。大丈夫だ」

沈黙を破ったのは、黒曜のそんな言葉。薫香の沈黙を、御前聞香への不安と捉えたのだろうか。

相変わらず言葉は白々しいが、とにかくほっとした。

「何か考えでもあるのですか?」

途端に黒曜の口角が大きく持ち上がる。悪人の顔だ。大分、調子が戻ってきた。

「この後宮内で近頃、ちょっとした事件が起きているのを知っているか?」

「いいえ、知りません」

薫香は小さく首を振る。もちろん『香妃』騒動以外では、ということだが。

「実はな――」

わざとらしく声を潜める黒曜。つられて薫香も体を前に乗り出す。丸い卓子《テーブル》を挟んで、二人の顔が息のかかる距離まで近づく。

「猫が、出たんだ。この後宮に」

「……はっ?」

間抜けな声が零れる。

呆《あき》れる薫香を、黒曜は両手を上げて制す。

「まあ、落ち着けよ。そして話は最後まで聞け。これが街角や道端での話なら、確かにどうということもない。だが、ここは黄塵国の後宮だ。ここに猫が出るから事件なんだ」

意味が分からない。ますます戸惑う薫香を、黒曜はにやにやしながら見ている。明らかに楽しんでいる。趣味が悪い。

「この後宮へは動物の持ち込みが禁止されている。特に猫は厳禁だ」

「知りませんでした。なぜです？」

「一応、衛生面に考慮して、という尤《もっと》もらしい理由になっている。だが、大昔に大の猫嫌いな皇后がいて、彼女のために猫の持ち込みを禁止したというのが専らの通説だ。それが拡大解釈されて行って、いまでは犬猫はもちろん、象や駱駝《らくだ》にいたるまで持ち込み禁止にされている。破れば厳罰だ」

「さすがに象や駱駝を持ち込む妃はいないでしょうけどね」

それにしても、厳罰の好きな後宮だ。

「後宮で猫を見かけるのが珍しいことは分かりました。でも、それが事件になるんですか？」

「正確に言うと、事件になりかけている、だ。ここ十日ほどの間に、目撃情報が三件。いずれも夜警をしていた宦官《かんがん》だ」

「夜警ということは、見かけたのは夜ですよね。見間違いではありませんか？」

「その可能性はある」

意外にも、あっさりと認めた。拍子抜けだ。

「では、そのまま放置しておけばよいのでは？」

「そういうわけにはいかん。妙な噂《うわさ》が広がると困る。現にその猫は化け猫だ、と言い出す者もいて、噂になりつつある」

「化け猫？」

眉を顰めつつ、体は前に乗り出す。その手の話、嫌いではない。

「猫嫌いの皇后よりさらに前、大の猫好きの皇后がいた。その皇后は大変な悪女で、悪逆無道の限りを尽くした結果、非業の最期を遂げている。その悪女の魂が、今回猫となって現れたのだそうだ」

「なるほど。実にありふれた怪談ですね。それにしても猫嫌いがいたり、猫好きがいたり、悪女がいたりと賑《にぎ》やかな後宮ですね」

「なにしろ後宮百五十年の歴史だからな。いろんなのが揃《そろ》っている」

考えてみれば贖罪妃だって、そのいろんなのの仲間だ。薫香は堪《たま》らず苦笑する。

「まあ、いずれにしても放っておくことです。人の噂も七十五日。そのうちぷっつりと消えてなくなります」

「ところがそう悠長に構えても居られない事情がある」

その顔を見れば、この会話が黒曜の思い描いた通りに進んでいるのが分かる。癪《しゃく》に障るが、期待通りの答えを返す。

「どんな事情です？」

「御前聞香に先立ち、皇帝陛下自らが各妃の許《もと》を順に訪ねておられる。先日の南貴妃《なんきひ》さまから始まり、今後は西華妃《せいかひ》さま、北麗妃《ほくれいひ》さま、そして東蕙妃《とうけいひ》さまの順に回ることになっている」

「妃たちを呼び出すのではなく、陛下自らがお出向きになるのですか？」

「ああ。御前聞香の前に各妃と時間を持ち、人となりなどを知りたいと陛下自らがご希望されたそうだ。本来ならそのような気遣いは無用なのだが、ひとえに陛下のお優しさゆえのこと」

相変わらず黒曜の物言いは白々しい。

「平たく言えば挨拶回りですよね。危険だし、体裁も悪くありませんか？」

「まあ、そうなんだが……。お前も、もう少し言葉を選べ」

呆れられてしまった。

とある国の後宮の話。その夜の相手に指名された妃は、自室で素《す》っ裸《ぱだか》にされ、羽毛の布団に包まれる。それを宦官が背負い、皇帝の閨《ねや》まで運んだという。

仰々しい話だとは思うが、全ては皇帝の身を守るため。たとえ己《おの》が後宮でも、暗殺の危険がつきまとう。皇帝とはそういう存在。それに比べたら、我らが皇帝陛下は随分と良心的だ。

「まあ、挨拶に来いなどと言えないのが実情だ」

「どういうことです？」

ガリガリと頭を掻《か》きながら、黒曜は面倒臭そうに続ける。

「建国時から四王の力は大きかったのだが、昨今はますます拍車がかかっている。陛下であっても、その存在を無視するわけにはいかないのだ。四妃はいわば、その王家の代理人。陛下も強くは出られないのさ」

「旦那が女房の尻に敷かれている方が、家庭は上手《うま》くいくと聞きましたが？」

「女房が強過ぎるのも問題だ。旦那が頼りなさ過ぎるのもだけど」

家庭の事情は、実に様々だ。

「話が逸れてしまったが、陛下がお目見えになるというのに、怪談じみた噂を立てられるわけにはいかん。それに万が一、陛下の身になにかあれば一大事。そうでなくても騒ぎが大きくなれば、四妃から苦情も来る。とにかく早急に真相を突き止める必要があるわけだ」

「そしてその役を、あなたが仰せつかったのですね？」

「ああ、その通りだ。だが、実際に事件を解決するのは別の奴だ」

「誰です？」

首を傾《かし》げる薫香を見て、再び黒曜の口角が持ち上がる。

「何を寝ぼけたことを言っている。この事件、お前が解決するんだよ」

「へっ？　なんで私が？」

「神託だ」

目を丸くする薫香に、黒曜は何でもないことのように告げる。

「神託？」

「そうだ。なんのために、俺がこんな下らない事件の担当を仰せつかったと思っている？　利用するためだ」

「はあ、利用？」

「いいか、お前が皇后になるためには、四妃に『香妃』と認めさせるしかない。そのためには、彼女らが反論できない事実を突きつけることだ。手っ取り早いのは『香妃』伝説の中で、一番有名で具体的な体から漂う芳香を再現すること。お前の体からよいにおいは……、まあ無理か」

「そうでしょう、ね！」

無神経にも鼻を近づけてくる馬鹿に、平手打ちを喰《く》らわす。鼻が利かない黒曜なので、冗談と分かっているが。

「そもそも人間は誰しも体臭を持っている。だから、体からにおいがするのは不思議ではない。問題はそのにおいが、総じてあまりよいとは感じられないこと。そして離れた人間が気付くほど、強くはないこと。その二点において、『香妃』は確かに特異な存在だ」

左頬を押さえながら、黒曜は続ける。

「そこで神託だ。伝説では『香妃』は神託をもたらし、太祖を建国まで導いた。それを再現する」

「どういうことです？」

「つまりお前が神託をもたらし、この事件を解決するんだよ」

分かりの悪い子供を前にしたかのような態度で、黒曜は言い切る。薫香は啞然《あぜん》とするばかり。

「あの私、神託なんて聞けないですよ？」

「当り前だ。お前みたいな鼻ぺちゃチビ助に、神託など聞けるはずがないだろう？」

「ではどうするのですか、性悪偽宦官さま？」

しばらく無言で、互いの言葉を嚙《か》み締め合う。

「要するに順番を逆にするんだ。事件を解決した後、神託のお陰で解決したと言いふらすんだ」

「なるほど。神託のでっち上げですね」

「そう言うことだ。神託をもたらすお前の評判が、後宮中に広まれば、四妃といえど『香妃』と認めざるを得なくなる」

得意げに鼻を膨らませる黒曜。ため息を吐《つ》く薫香。

「分かりました。事件が解決した後に、着地点に合わせて神託をもたらせばいいんでしょ？　それでは解決後、また来て下さい」

「では」

そう言うと、黒曜は持参した衣装箱のような物を差し出す。

「何ですか、これ？」

箱の中には、なぜか宦官の衣装が一式入っていた。

「言っただろ？　この事件を解決するのは、お前だ」

黒曜は盛大に口角を上げた。

「じゃあ、行くか」

黒曜に続いて、宦官服に着替えさせられた薫香も外へ出る。

「なんで私が……」

「ぶつぶつ言うな。人手は一人でも多い方がいいんだ。そして、これはお前自身のためでもあるんだからな」

偉そうな物言いにはうんざりだが、黒曜の言うことももっともだ。

薫香は気持ちを切り替え、あらためて事件について考えてみる。

「でも、相手は猫ですよ。いくら制限したところで、外から勝手に侵入することもあるのではありませんか?」

「ないとは言えないが、可能性は低い。ここは禁城の中にあり、さらにその奥。禁城内での飼育、持ち込みも禁止されているし、高い塀に囲まれている。猫であっても容易には入り込めない。さらに後宮の外には塀沿いに薄荷が植えられているんだ。薄荷の強いにおいを猫は嫌う」

「何だか過剰なくらい徹底していますね」

「まったく、そう思うよ。どれだけ嫌いだったんだろうな、その猫嫌いの皇后は」

呆《あき》れずにはいられない。

「まずはどこへ行くんですか? まあ、聞いたところで分かりはしませんけど」

振り返った黒曜は不思議そうな顔をする。

「ここへ来てからの十三年、宮の外へ出たことがないんですよ? 後宮のどこに何があるかなんて分かるわけがない」

「それもそうか。では、簡単に後宮内を説明してやる。ありがたく、拝聴しろ。後宮内には全部で五つの宮がある。真黄宮《しんおうきゅう》は皇帝陛下が政務を離れ、日常を過ごされる場所。外廷と後宮の境に建ってる。残りは東西南北それぞれに配置され、北黒宮《ほっこくきゅう》、南紅宮《なんこうきゅう》、東青宮《とうせいきゅう》、西白宮《せいはくきゅう》。それぞれ歴代の四妃が使用してきた」

「この前連れていかれた沈香亭はどこになるんです？」

「四妃の宮の丁度真ん中に人工池があり、沈香亭はそのほとりに建っている。どうだ？」

「およそ、把握しました。それでは、どこから調査します？」

「まずは四妃の宮を回ろう。四妃さまはいずれも後宮に入られてから日が浅く、ただでさえ慣れない環境に心安んじられない日々を送っておられる。そこに今回の化け猫騒動だ。心労は如何《いか》ほどのものかと、後宮を預かる太監長の白檀さまは心配しておられる。よくよくその様子をうかがってくるよう仰せつかった」

「そうなんですか？」

「馬鹿。口から出まかせに決まってるだろ。そういう建前で会いに行くんだよ」

「……なるほど」

とは言え、後宮の実質的な支配者である四妃が動揺すれば、騒ぎは大きくなる。まずは四妃の危惧を取り除き、大山の鳴動を防ぐ。初手としては悪くないだろう。

「では、東蕙妃さまのところから始めよう。お前にとっては、敵情視察の意味もある。抜かるなよ」

まったく、いろいろと考えているものだ。

薫香と黒曜は東蕙妃から北麗妃、西華妃の順にその宮を訪ねた。

結論から言えば、まったくの無駄足だった。どの妃《きさき》も化け猫騒動など歯牙にも掛けておらず、動揺など微塵《みじん》も感じられない。それどころか、

「見事なまでの門前払いでしたね」

「……」

どの宮でも二人は中に招き入れられることすらなく、応対に出た女官に嘲笑された挙句、冷たく追い返された。主《あるじ》の心の揺れは、仕える者の態度に表れる。あの女官たちの様子を見れば、妃たちに動揺がないのは明らかだ。

「まあ、化け猫ごときで動揺する方々とは思えませんしね」

沈香亭で見た四妃の姿を思い出し、薫香は深く納得する。それでも愚痴は口をつく。

「仮にもこちらは太監長の命令で、様子をうかがいに来たんですよ。中に入れて、お茶の一杯くらい出してくれてもいいと思いません？」

「仕方ない。御前聞香の前だからな。どの宮も警戒しているんだ」

思い通りに事が運ばないせいか、不機嫌顔で押し黙っていた黒曜が口を開く。

「どういうことです？」

「御前聞香では各妃、各王家が文字通り命運を懸けて用意した『香』を献上する。その

『香』に何かあれば、大事《おおごと》だからな」

「何かあればって、何かあるんですか？」

「過去にはいろいろあったみたいだぞ。友好のお茶会を装って相手の宮に入り込み、隙を見て用意された『香』を強奪、なんてことは珍しくない。だから、御前聞香が終わるまで、よそ者を宮の中に入れるようなことはない。中に入れるとしたら、皇帝陛下とその使いくらいだろうな」

「随分と陰湿なんですね。って言うか、そんな事情が分かっているなら、なんで四妃の宮を訪ねるなんて言い出したんですか？」

「入れる可能性は低いが、やってみないと分からないだろ？　これで入れたら儲《もう》けものだからな」

喰って掛かる薫香に、黒曜は悪びれる様子もなく言い放つ。

「さあ、あとは南貴妃さまの宮だけだな」

「えっ、行くんですか？　もういいんじゃないですか？」

「仮にも太監の使者が、南貴妃のところだけ来なかったと知れてみろ？　どんな噂《うわさ》を立てられるか分かったもんじゃない。ほら、さっさと門前払いされてくるぞ」

「だったら、太監の使者を口実に使わないで下さい！」

つくづく後宮とは面倒なところだ。そんなこと思いながら、黒曜が門を叩《たた》くのを見ていた。

「……遅い、ですね」

「……」

てっきり追い返されるものだとばかり思っていたが、南貴妃の対応は他とは違っていた。

「ば、化け猫ですか！？」

応対に現れた女官に用件を告げると、あからさまに動揺を示し、奥へとすっ飛んでいった。しばらくそこで待たされていたが、慌てた様子で戻って来た女官に中へと通された。

「すぐに南貴妃さまがお見えになりますので、しばしお待ち下さい」

と言われ待たされること、早半刻《はんとき》になろうとしている。その間、妃はおろか女官の一人も様子を見に来なければ、茶の一杯も出されていない。

「……遅い、ですね」

もう何度目かの台詞《せりふ》を零《こぼ》す。これまでと同じように黒曜からの返答はない。待ちくたびれ、卓の上に行儀悪く頬杖《ほおづえ》をついていた薫香は隣に目を向ける。背筋を伸ばし、半刻前と同じ姿勢で黒曜は前を向き、目を軽く閉じていた。腹が立つくらい美しい横顔だ。それが癪《しゃく》に障り、視線を前に戻す。その拍子に大きな欠伸《あくび》が出た。

「随分と大きな欠伸だな」

途端に、意地の悪い声が突き刺さる。

「そちらこそ、目なんか閉じているから寝ているかと思いました」

「ちゃんと起きている。安心しろ」

「分かっています。それにしても、遅いですねえ」

また出そうになる欠伸を、必死に嚙み殺す。目尻に涙が滲《にじ》む。

「まあ、女性は何かと身支度に時間がかかるからな。妃ともなれば、尚《なお》のことだ」

女である私に、女でもないお前がそれを言うか！　恨みがましい目を向けるが、目を閉じている相手には意味がない。

「それにしたって遅すぎますよ」

「そうだな。何やら宮全体が、ひどく動揺しているようだ」

「確かに」

女官の慌てぶり、姿を見せない妃、出されないお茶、何より宮全体が静かすぎる。この動揺は化け猫騒動によるものなのか、それとも……。

薫香はおもむろに立ち上がり、そのまま出口へと向かう。

「どうした？」

「いえ、ちょっとそこまで」

「ああ、厠《かわや》。どうぞ、ごゆるりと」

「……」

余計なお世話だ！

「ふう」

厠から出て一息吐く。厠を探すのに思いのほか手間取り、危ないところだった。

「なにしろ広いのよね、ここ。驚いちゃった」

つい独り言が口をつく。独房宮《どくぼうきゅう》とは比べ物にならない広さ、隅々にまで施された装飾、そして至る所から漂う香《かぐわ》しいにおい。思わず、くんくんしてしまう。

「それにしても誰にも出くわさないとは、一体どうなってるの？」

人がいないわけではない。ちゃんと人のにおいはする。においを頼りに、探り当ててみようかとも考えたが止《や》めておく。

「触らぬ神に祟《たた》りなし！　さて、早く元の部屋に戻らないと、おっ！」

部屋に戻るために黒曜のにおいを捜した。そして薫香は気づく。微《かす》かに感じるにおいがある。それはこの宮に入ってから感じた、どんなにおいとも違う、異質なにおい。

そして、薫香にとって嗅いだことのないにおい。未知のにおいに、好奇心が鎌首をもたげる。

薫香は異質なにおいをたどり、宮をさ迷い歩く。そして……、

「ここは、物置？」

物は多いが、がらんとした印象の空間だ。日常的に使われているわけではないのだろう。恐る恐る中に入り、鼻を動かす。大分消えかけているが、くっきりと輪郭が分かるにおい。残り香でこれ程なのだ。まともに嗅いだら相当強烈な、悪臭と言っていいくらいの水準のはず。

やがてにおいの元に辿《たど》り着く。部屋の奥、隠すように置かれた四角い箱のような物。上から白い布が被《かぶ》せられている。躊躇《ためら》いは一瞬、薫香はその白い布に手を掛けた。

「こ、これは……」

「本当にゆっくりだったな」

部屋に戻るや、黒曜の皮肉交じりの言葉が飛んでくる。南貴妃の姿はまだない。

「ええ、まあ」

曖昧な返事をすると、薫香は自分の席に戻る。頭の中では先程見た光景がぐるぐると回っていた。

「どうかしたのか？」

反応の鈍さか、顔色か、薫香の変化に気付いた様子の黒曜が、がばっと体をこちらに向けた。真剣さを増したその表情が珍しくて、じっと見つめてしまう。

途端に形の良《い》い眉が下がる。

「なんだよ？　人の顔をじっと見て」

「いや、綺麗《きれい》な顔だなあと思って」

「何をいまさら。そんな分かり切ったこと、こんな所で言うな」

鼻を鳴らすと、不機嫌そうに黒曜は体ごとそっぽを向いてしまう。

「すみません。実は先程――」

「来たぞ」

薫香の言葉は、黒曜の鋭い声に遮られる。慌てて姿勢を正す。

同時に柔らかいにおいが部屋へと入って来た。においに少し遅れて、南貴妃が姿を見せる。

石榴《ざくろ》色のゆったりとした袖の襦《じゅ》に長い裙《くん》を着用。はだけたような衿《えり》からは、雪のように白い胸の谷間が見える。供の女官は二人。

心なしか優雅さに欠ける仕草で、南貴妃は向かいの席に腰を下ろす。

その顔を見た時、薫香は小さく首を捻《ひね》った。

（なんか、前にお会いした時と雰囲気が違うような……）

沈香亭で見かけた時は、随分と落ち着いた、どちらかといえば冷たい感じの印象を受けた。だが今は、どことなく垢抜《あかぬ》けない田舎っぽさを感じる。その顔をよく見れば、化粧をしていても目の下の隈《くま》が目立つ。化け猫騒動で夜も眠れないのだろうか？

（そういえば応対に出て来た女官も、案内してくれた女官も、ひどく眠そうだった）

化け猫騒動、思いのほか深刻なのかもしれない。

「遅くなってしまい、申し訳ありません。少々、用事が立て込んでおりましたので。それでご用件というのは？」

挨拶もそこそこに本題に入ろうとする。思わず黒曜と顔を合わす。

「最近、この後宮で怨霊化した猫が出ると、根も葉もない噂が流れております。それで南貴妃さまが不安なお気持ちになっておいでではないかと、白檀さまがご心配され、私を派遣された次第」

猫を被った黒曜が、それっぽいことをすらすらと並べ立てていく。その一つ一つに、南貴妃は小さく頷《うなず》いている。

「そうですか、白檀さまが。有難《ありがた》いことですが、私は大丈夫です。それで噂の方は？」

「ご安心下さい、すぐに噂は収束に向かうは――」

「捕まえたのですか!?」

思いもかけない大きな声に、黒曜は目を見開き、薫香は身を逸《そ》らす。驚いたのは当の本人である南貴妃も同じだったらしく、慌てて口元を押さえた。

「す、すみません。うっかり大きな声を出してしまって」

「いえ、お気になさらず。噂を広めた犯人はまだ捕まっていませんが、早急に見つけ出しますのでご安心下さい」

「あっ、ああ犯人、犯人ですね。よ、よろしくお願い致します」

南貴妃は慌てたようすで言い繕った。


「どう思います？」

南貴妃の許《もと》を辞し、外へ出るなり黒曜に訊《たず》ねる。

「あの様子を見て、何でもないと思う奴《やつ》は余程の節穴か、馬鹿だ。明らかに何かあったし、何かを隠している。それが化け猫絡みかは、分からないけれど」

同感だ。大きく頷く。

「ところでお前、さっき何か言おうとしてなかったか？　ほら、厠から帰って来た時に」

「ああ、そうでした。実は……」

薫香は南紅宮での出来事を、黒曜に話した。不思議なにおいがしたこと、それを辿って入った部屋のこと、そして部屋で見つけた物のことも。

話を聞き終えた黒曜は、形のよい顎を撫《な》でながら唸《うな》る。

「化け猫なんて、所詮は疑心暗鬼のせいと高を括《くく》っていたが。これは思いがけず、掘り出し物だったかもしれないな」

「また悪いこと考えてますね」

上がったままの黒曜の口角を見つめながら、薫香は冷たい視線を送る。

「これは好機だ。早速、本格的に化け猫騒動を調査だ」

「調査と言っても、何を調査するんです？」

「調べることは二つだ」

目の前に黒曜のしなやかな指が、二本突き出される。

「本当に猫はこの後宮に入り込んでいるのか？　そして本当に入り込んでいるとしたら、入り込んだ方法は？　もしくは持ち込んだ方法は？　その二点ですね」

薫香の解答に、黒曜は満足気に頷く。

「そうだ。そしてお前の言うことが本当なら、必ず猫は後宮にいる」

「では、どちらから手を付けますか？」

「猫の方は白檀さまにお願いして、他の宦官《かんがん》たち総出で探させる。俺たちは猫が後宮に入り込んだ方法を見つけるとしよう」

「了解です」

黒曜が他の宦官たちに指示を出し終えると、二人は後宮を塀沿いに一周歩くことにした。

塀は薫香の背の倍以上あり、猫といえど、とても飛び越えられる高さではない。それでも一部が崩れたり、穴が開いていたりして、猫が侵入出来そうな場所がないかを探す。

「この塀の外側には薄荷が植えられているんですよねえ？」

「ああ、そうだ。薄荷はシソ科の多年草で、香料植物。浸透性の香気が特徴だ。香料のほかにも消炎、鎮痛、健胃剤などの薬として使われている。猫は強い臭気を嫌う。だからか、昔から栽培されていたようだ」

「詳しいですね」

「鼻が利かないことを悟られないよう、『香』に関する知識は人一倍学んだからな」

「なるほど」

黒曜はなんでもないことのように言うが、並みの努力ではなかったはずだ。素直に感心する。

これと言った発見もないまま、南西の角に差し掛かる。そこで目にしたものに、薫香は驚きの声を上げた。

「なんですかあれは？　森？　森があるの？」

目の前には木々が立ち並び、風に枝葉を鳴らしていた。

「落ち着け。森という程に大袈裟《おおげさ》な物ではない。果樹園を兼ねて低木の物が数十本植えられているだけだ」

「いや、果樹園が敷地《しきち》内にあることが信じられません」

「そうか？　昔から当り前にあったから、あまり凄《すご》いとは思わないが。ちなみに植えられているのは蜜柑《みかん》、柚子《ゆず》など柑橘《かんきつ》系が中心だ。柑橘の香りも猫は苦手なんだと」

「徹底していますね」

ここまでくると呆《あき》れを通り越して、尊敬してしまう。ただ惜しむらくは、その努力をなぜ他のことに生かせなかったのか。残念でならない。

「あちらはなんです？」

果樹園の近くに、宮のような建物が見える。これまで見てきた四妃の宮に比べれば、一回り以上小さい。

「ああ、皇太子用の宮だ。今はもう使われていない。他にも使われていない宮や物置、建屋は幾つかある。さあ、行くぞ」

どことなく、素っ気ない黒曜の返答。少し気になったが、とにかく先に進むことにする。

（おやっ？）

果樹園の前を通り過ぎようとしたところで、不意に薫香は足を止めた。

「どうし――」

声を掛けてきた黒曜を、右の手のひらを広げて制す。神経を集中して、鼻を動かす。新緑の中に隠れているにおいがある。

（なんのにおい？　嗅いだことのない、いや、ある。それもつい最近、どこかで同じにおいを……）

記憶の歯車が、かちりと音を立てて噛《か》み合った。

「薫香？」

「なんでもなかったです。ささっ、行きましょう、行きましょう」

黒曜の背を押しながら、強引にその場を離れる。

その後も後宮を塀沿いにぐるっと一周したが、猫が入り込めそうな所はどこにもなかった。塀はどこまでも高く、破損もない。完璧な塀だった。

「それにしても高い塀ですね。猫を侵入させないためとはいえ、こんなに高くする必要あったんですかね？」

「猫のためなわけあるか。多くの美女を集められるということは、いつの時代も何処《どこ》の国でも羨望の的だ。だから、後宮は皇帝の権威を世に示す一面がある」

自己満足のような気もしますがね、という薫香の言葉を無視して黒曜は続ける。

「この国の後宮は、他の大国に比べて規模は小さい。何しろ妃《きさき》が四人しかいないからな。それでも女官たちを含めれば、数百の女がいることになる。そのすべてが皇帝の所有物。権威の場での失態、特に集めた女たちに逃げられるようなことは避けなくてはならない。妃には人質としての価値もあるからな。逃亡を防ぐための塀だよ。猫より人の方が余程厄介だ。それを物語るのがこの塀の高さだろ」

ぽんぽんと、黒曜は塀を叩《たた》いた。頑丈な塀は、もちろんびくともしない。

「まるで檻《おり》ですね。なんだ、みんな、私と同じじゃないですか。監房か独房かの違いだけ」

「確かに」

　薫香の皮肉に、黒曜は苦く笑った。

「ふう、さすがに疲れました。一体、どれだけ広いんだって話ですよね」

　出発地点に戻って来た途端、薫香はその場にへたり込む。なにしろ十数年の間、まともに外へ出たことがない。これだけ長い時間歩くことも、これだけ長い距離を歩くことも、一体いつ以来だろう？　もうへとへとだ。

「その割には、随分と楽しそうだな」

「楽しいですよ、広い世界は」

　上を見上げれば高い空があり、下を向けば踏みしめる大地がある。天井にも、床にも遮られていない。遮る物のない世界で、薫香は大きく伸びをする。汗のにおいすら心地よい。

　我知らず顔が綻ぶ。

　呑気《のんき》なもんだな、と呆れる黒曜の顔は、対照的に険しい。

「塀に問題がなかった以上、猫が外部から侵入するのは不可能。そうなると、あと考えられるのは……」

「誰かがこっそり持ち込んだ、というのはどうです？」

猫が自力で入ってこられないのだから、誰か人の手によって持ち込まれたと考えるのは自然だ。妃やその女官たちが後宮から出ることは許されないようだが、下女など通い勤めの者もいる。外と行き来できる者なら、猫の一匹二匹、荷物に紛れ込ませることも出来そうだ。

「それも、難しいと思うがな」

顎に手をやり、苦い顔のまま黒曜は歩き出す。慌ててその後を追う。

「後宮から外部に出られる場所は二つしかない。一つは皇帝陛下の居住空間である真黄宮。真黄宮はその中で、陛下が執務を行われる外廷と繋《つな》がっている。そこから外へ出ることが出来る」

歩きながら黒曜は説明する。

「つまり真黄宮の中を突っ切るわけですね？」

「そうだ。だが、当然のこととして、真黄宮と後宮内を行き来出来るのは陛下のみ。あとはお供として付き従う宦官くらいだが、さすがに警備も厳重で不審物を持ち込むことなど不可能だ」

「まあ、除外ですね。もう一つは？」

黒曜に背後から問いかける。横に並ぼうとするのだが、背丈が違う、歩幅が違う。遅れないようにするだけで精一杯だ。

「真黄宮の東側に通用門がある。宦官や通いで働く女官、下女、後宮内で使用する物資もここを通る。実質的には、ここが唯一の外部との接点。だが、警備も厳重だ。ちなみにこの門は朝の六時に開き、夜の十時には閉じられる。それ以外の時間帯に通過することは原則出来ない」

「なるほど」

話している間に、その通用門に辿《たど》り着く。門と言ってもそれほど大きなものではない。黒光りする鉄製で鋲《びょう》が打ち込まれている。その武骨な姿は、後宮という華やかな舞台には随分とそぐわない。門の両脇には番兵が四人。外に二人、中に二人。中の二人は宦官なのだろう。

ちょうど物資の搬入が行われている所だった。商人が運んできた木箱が一つ一つ開けられ、役人が総出で中身を確認している。衣装や装飾品の一つ一つに至るまで、箱から取り出し、入念に調べている。他方、外から戻って来たらしい女官は、門の脇にある建物の中に連れられて行く。

「身体検査だ」

「随分と徹底していますね」

その厳重さに舌を巻く。ふと、ある疑問が頭をよぎった。

「あなた、よくここを通れましたね。偽宦官のくせに」

「手持ちの物は厳重に検査されるが、さすがに服を脱げとまでは言われんよ。代わりに宦《かん》官《がん》はこの門を通る時、これを見せることになっている」

そう言って取り出したのは、三合ほどの白い壺《つぼ》。宦官にとって、時には命よりも大切な物だと言う。

「それを持っていることが宦官の証明になるのですね。一体、何が入っているのですか？」

「それは、まあ、秘密だ」

「私は知らなくていいということですか？」

「どちらかと言うと、知らぬが仏だな」

唇を尖《とが》らす薫香に、黒曜は肩を竦《すく》める。

いずれにせよ、これだけ厳重に調べられては生きた猫など持ち込めそうにない。


日が沈み始め、後宮に夜が近づく。

猫探しに駆り出されていた宦官たちが、ぞろぞろ戻ってくる。黒曜の許《もと》に次々と、探索の状況が報告されるが、いずれも芳しくない。黒曜の顔はどんどん険しくなり、最後の者が報告を終える頃には、眉間に深いしわが出来ていた。

「後宮中を虱潰《しらみつぶ》しに調べたというのに、影も形も見つからないとはどういうことだ？」

あからさまに不機嫌さを見せる黒曜に、若い宦官の一人が恐る恐る口を開く。

「相手は化け猫です。姿が見えないのも無理からぬことかと……」

「化け猫だという証拠でもあるのか？　ただの猫だ」

ギロリと睨《にら》まれ、首を竦めながらも若い宦官は小声で続ける。

「これだけ探しても見つからないのが証拠では……。それに普通の猫が、この後宮に忍び込めるとは思えません」

それを言われては、黒曜としても返す言葉がない。忌々し気に再び睨み返すばかり。雰囲気が悪くなりそうだったので、慌てて薫香が口を挟む。

「ちなみに後宮中を探したとのことでしたが、調べていない箇所はありませんか？」

見覚えのない宦官にいきなり話しかけられたからか、若い宦官は戸惑いを見せた。だがすぐに仲間に幾つか確認をし、それから答えてくれた。

「真黄宮の中、それから四妃さまの宮は入れませんので調べてはいません。それ以外は調べたはずです」

一度仲間に確認を取る慎重さに、感心と信頼を覚えつつ、重ねて訊《たず》ねる。

「南西の角にある果樹園の中もですか？」

「探しました。ざっと確認する程度ですが。そもそも猫は柑橘類を嫌うので、問題はないかと」

なぜそんなことを訊《き》くのかと、若い宦官は首を傾《かし》げる。猫が柑橘類《かんきつ》を嫌うというのは常識らしい。

「ありがとうございます。それでは、これからどうします？　夜になってから、もう一度探しますか？」

後半は黒曜に向けて言ったのだが、集まっていた宦官たちがざわめき出す。

「よ、夜に調査だと……」

「しょ、正気か？」

その動揺ぶりに、薫香は首を傾げる。

「おかしいですか？　ですが目撃証言は、どれも夜でした。それに本当に化け猫なら、夜の方が遭遇しやすいはずです。って、あれ？」

一転、宦官たちが一斉に押し黙る様子に戸惑う。その顔はどれも青ざめている。まるで薫香の言葉が死刑宣告だったかのようだ。

場の沈黙を、黒曜のため息が破る。

「道理はその通りなのだが、夜の調査は止《や》めておこう。さすがにこれ以上、後宮内を騒がせるのはよろしくない。今日はここで解散とする」

黒曜の宣言に、あからさまに安堵《あんど》のため息が漏れた。

わらわらと帰っていく宦官たちを見送り、自分も宮に戻ろうとしたところで不意に袖を引かれた。

「お前は宦官に化けている身なんだからな、目立つ発言や行動は控えろ」

振り返ると、黒曜の怖い顔があった。

「目立っていましたか？」

「かなり。ばれないか冷や冷やしたぞ。とにかく今日の調査は、これで終わりだ。お前も帰って、大人しくしていろ。今後についてはあとで連絡する」

いいな、と念を押す黒曜に、満面の笑みで答える。

「了解です！」

「……」

「ということで準備はいい？　銀葉」

「はい、薫香さま」

外へ出るとあたりはすっかり闇に包まれていた。幸い月が出ている。これならば問題ないだろうと、胸を撫《な》で下ろす。深夜と呼ばれる時間帯、人びとは寝静まり、静寂が耳に痛い。

「じゃあ、行こうか」

明かりを手に、銀葉の後ろについて歩き出す。夜は深く、風は生暖かい。化け猫が出るには絶好の条件だ。

だが、目的地まで半分も行かないうちに、前を行く銀葉の足が止まる。

「どうしたの、銀葉？」

後ろを向いた銀葉は、うんざりした顔で答える。

「後からつけてくる奴《やつ》がいます」

「えっ!?」

反射的に振り返れば、かざした光の中に白い顔が浮かび上がる。

「俺だ、黒曜だ。そんなに驚くな」

喉までせり上がった悲鳴を、なんとかのみ込む。よくよく顔を近づけてみれば、確かに黒曜の不機嫌そうな顔だ。

「こ、黒曜さま!?　驚かさないで下さい！　こんな真夜中に何やってるんですか？」

「お前が勝手に驚いただけだ。そして後半の言葉は、そっくりそのまま返す。何やってるんだ、こんな真夜中に？」

「月がきれいなので、ちょっと銀葉とお散歩でもと思いまして」

「怒るぞ？　猫を探しに行くんだろ？」

「ど、どうしてそれを？」

「薫香さま」

銀葉に脇腹をつつかれ、鎌をかけられたことに気がつく。語るに落ちるとはこのことか。我ながら呆《あき》れてしまう。

それは黒曜も同じだったようで、あからさまに大きなため息を吐《つ》く。

「昼間の様子と、お前の性格を鑑《かんが》みれば、あのまま大人しく引き下がる筈《はず》がない。当直を代わって、様子を見に来たら案の定だ。独房宮からのこのこ出かける所に出くわし、後を追ってきたというわけだ」

ご明察、とおどけてみるが、こちらを見る目は冷たいまま。

「何処《どこ》へ行こうとしていたんだ。目星は付いているんだろ？」

「はい、果樹園です」

「根拠は？」

「昼間に果樹園の前を通った時、微《かす》かですが風に獣臭が混じっていました」

「なるほど、果樹園か。確かに書物に載っていた特徴とも一致するな」

ぶつぶつと独り言をつぶやく黒曜。形のよい顎を撫でながら、何やら考え込んでいる。

「黒曜さま、そろそろ先に進みたいのですが？」

「いや、ダメだ。今夜は引き返せ」

思いがけず強い口調で止められた。

「どうしてですか？　このまま化け猫を野放しにしておくんですか？」

「猫は捕獲する。ただし、三日後だ。その間に俺が準備を整える」

「準備？　猫を捕まえる準備ですか？」

首を傾げる薫香に、黒曜は苛立《いらだ》たし気な様子。

「忘れたのか？　この事件は、お前の神託で解決されなくてはならないんだ。これから俺が、贖罪妃が神託をもたらしたと噂《うわさ》を流す。捕獲はその後だ」

言われて、思い出す。『香妃』になぞらえ、薫香がもたらす神託で事件を解決する。それにより薫香が『香妃』であるという信憑性を高めるのが、黒曜の作戦だった。

「ですが、その間に――」

「薫香さま、お静かに」

言うが早いか、銀葉は薫香が手にしていた明かりを吹き消す。促され、急いで手近な物陰に隠れる。銀葉は夜目が利く。その目が何かを見つけた。

「おい、何が……」

「黙れ」

状況が理解できない黒曜が口を開こうとして、銀葉に小声で一喝される。這《は》いつくばるほど身を低くして、物陰から辺りの様子をうかがう。

最初、それは夜空を飛び回る蛍に見えた。だが違う。それは小さな明かり。そしてこちらへと近づいてくる。それに従い、微かだが人の声と足音が耳に届く。

身を伏せ、息を殺す。

「遠里《えんり》さま、どこです？　遠里さま！」

数度同じ名前を呼びながら、人影は薫香たちの横を通り過ぎて行った。一斉に詰めていた息を吐き出す。

「女官でしたね。どうしたんでしょう、一体？」

「探しているんだ、彼女たちも。三日も待っていたら、先を越されるか？　やむを得ないな。先に捕獲されては、元も子もない。計画変更で、今夜中に猫を捕獲するぞ」

そう言うや、黒曜は先頭に立って歩き出す。面食らいつつ、慌てて後を追う。

「急にどうしたんです？」

訝《いぶか》しむ薫香には答えず、黒曜は先を急ぐ。

やがて後宮の南西の角、森を思わせる果樹園に辿《たど》り着く。夜風に枝葉が鳴いている。昼間と違い、その声は不気味で、薫香たちを咎《とが》めているようにも聞こえた。

「どうだ？」

「はい。微かですが確かに獣のにおいがします」

神経を集中させた鼻が、果樹園を吹き抜けてくる風の中にそのにおいを見つける。

そうか、とだけ答えた黒曜は、しゃがみ込んで何やらごそごそと準備を始めた。その様子を見守りながら、薫香は気になっていたことを口にする。

「風からは獣臭の他に、独特の臭気がするんです。昼間もそうでした」

「独特の臭気？」

作業の手を止めることなく、黒曜は答える。

「ええ、そしてその臭気と同じにおいを、私はある場所で嗅いでいます。その場所というのが——」

薫香の言葉を聞き終えるや、黒曜は立ち上がってこちらを向く。珍しく、満足そうに笑っていた。

「繋《つな》がったじゃないか。においだけで辿り着くとは、やはりお前の鼻は大したものだな」

「それでは、あの女官たちは……」

「そういうことだ。ところでお前が嗅いだ臭気とは、こんなにおいか？」

差し出されたのは、小振りの香炉。先程から用意していたのはこれか、と思った時、鼻が異常を感知する。

「うっ！」

うめき声が漏れる。ひどい悪臭だ。堪《たま》らず袖で鼻を覆う。見れば、銀葉も鼻を押さえ、顔を顰《しか》めている。

「た、確かに、同じにおいのような気がします。こちらの方がずっと強烈ですが。一体、何ですこれは？」

「化け猫退治の秘密兵器さ。念のため、持って来ておいて正解だったな。さあ、行くぞ」

したり顔で答える黒曜。いまだけは、鼻が利かないことが心底羨ましい。

夜目の利く銀葉を先頭に、次に薫香、最後に香炉を持った黒曜の順に果樹園へと入る。

果樹園の中は静まり返り、人影はもちろん、動物の気配も感じない。三人は奥へと進んでいく。

「香材の中には、動物から採れるものも幾つかある。いま焚《た》いている『香』も、その一つ。その芳香は甚だ強く、そのまま使うと悪臭と感じるほどだ。普段は何千倍にも薄めて使う」

「どうりで。でも、どうしてこんなところで焚く必要があるんです？」

「おびき寄せるためさ」

「おびき寄せる？　それは――」

「来た!!」

薫香の声は銀葉の叫びによって遮られる。同時に頭上から、黒い塊が一直線に襲い掛かって来た。

「ぎゃあああ!!」

悲鳴が木々の間に木霊し、遅れて香炉の砕ける音が闇に響いた。

「まったく、なぜ俺がこんな酷《ひど》い目に遭わねばならん！」

声を荒らげる黒曜。その顔は泥に汚れ、細かいひっかき傷がそこかしこに見えた。差し出した手巾《しゅきん》を引っ手繰ると、乱暴に顔を拭う。

「まあまあ、落ち着いて下さい。それにしてもさすがは黒曜さま。不意打ちを喰《く》らったのに怯《ひる》まず、逆に相手を生け捕りにするとは」

「……大したことはない。多少は腕に覚えもあるしな」

つまらなそうにそっぽを向くが、褒められて満更でもなさそうだ。

頭上からの不意打ちに一度は転倒した黒曜だったが、すぐさま体勢を立て直し、走り去ろうとする下手人の体に飛びつく。相手も激しく抵抗したが、体格差を生かして取り押さえることに成功した。

一連を見守っていた薫香は、機嫌を取るため、もう少し褒めておく。

「いやいや、誰にでも真似《まね》出来ることではないです。銀葉もそう思うでしょ？」

「ええ、そうですね。自分なら不意打ちなど喰いませんので、無様に悲鳴を上げることもありません」

「……」

卓子上に二人分の茶碗を並べると、銀葉はさっさと部屋を出ていく。あとに気まずい雰囲気を残して。

「もういいから、さっさと話を始めるぞ。こいつが、今回の騒動の犯人だ」

怒りの矛先が向けられたのは、手足を縛られ、卓子《テーブル》の上に転がされた下手人。口には縄を咬《か》ませてある。あまり乱暴なことはしたくないが、逃げられては困るので仕方がない。

いまは疲れて大人しくなっているが、現に先程までひどく暴れていた。

薫香はその頭を優しく撫《な》でてやる。

「この子が、化け猫の正体？」

「そうだ」

あらためて、その姿を確認する。

短い四本の脚に、細長い胴体、顔は吻《ふん》が長く尖《とが》った形状。体には灰褐色の地に黒の斑紋、喉には三本の帯が横切る。尾は長く、黒い輪模様が見えた。

「猫、でいいんですよね？」

化け猫の正体であることは、間違いない。だが、この生き物を猫と呼ぶことに、薫香は躊躇《ためら》いを覚えてしまう。一見すると猫というよりイタチに近いから。そして薫香の見立て、実は正しい。

「猫にして猫にあらず。こいつは霊猫《れいびょう》だ」

細かい観察を終えた黒曜が断言する。

「こいつは猫と名が付いているが、猫とは異なる生態を持っている」

森林や草原に生息し、樹上生活を好む種が多い。基本的には夜行性で、日中は樹洞や岩の下、低木の茂みに潜む。雑食で木の実や果実を食べることもある。基本は単独行動だが、つがいで行動する例も。などなど。

「なるほど。それで昼間の探索でも見つけられなかったのですね」

夜行性の霊猫は昼間は隠れて出て来ない。猫と違い果実を食し、樹上生活を好む霊猫にとって果樹園は格好の場。ざっと探したくらいでは見つかるはずもない。

「その通りだ。そして霊猫最大の特徴は肛門《こうもん》近くの分泌腺から、強いにおいの液を出すこと。そのにおいは麝香《じゃこう》に近く、『霊猫香』と呼ばれる貴重な香料になる。本来はこの分泌物であちこちににおいを付け、仲間との情報伝達に使うらしい」

「霊猫？」

「もしかして、あの果樹園で焚いたのが『霊猫香』ですか？」

「ああ。においにつられて出てくるかも、という思い付きでを焚いたのだが……。思いがけず、大変な目に遭った」

うんざり顔の黒曜を見て、薫香は笑いを堪《こら》えきれなくなる。確かに『霊猫香』の効果は抜群だった。

「ですが、まだ謎は残ります。結局、この子はどうやって、この後宮に入り込んだのでしょう？」

「いや、それはもう解決した。そして事件の真相も」

我が耳を疑った。

「本当ですか？」

「ああ、こいつが猫ではなく、霊猫なら方法はある。いまから事の次第を説明してやる」

確信に満ちた表情で、黒曜は事件の真相について話し出した。


「と、言うわけだ」

「う～む」

黒曜の話を聞き終えるや、薫香は大きく唸《うな》った。

「どう思う？」

「出会って初めて、あなたを心の底から凄《すご》いと思いました」

「遅い！」

不服そうに黒曜は鼻を鳴らす。

「だがしかし今回の件、俺一人の力では答えに辿り着けなかった。お前の鼻あってのことだ。褒めてやるぞ」

「もう少し素直に褒められないのですか？」

まあ、褒められて嬉《うれ》しくないこともない。人の役に立てるなど、いつ以来だろう？

「さて、思いがけず好機が舞い込んできたな」

「この子、どうするんです？」

「こいつはあの妃《きさき》にとっての弱みだ。公にすれば皇后争いから脱落させることも出来る。まずは、こちらが弱みを握ったことを知らせてやるか。こいつの足を一本切り落として、届けてやれば充分だろう」

聞いた途端、薫香は血の気を失った。

「本気ですか？」

楽し気に笑う黒曜を見て、薫香は決意を固める。

「この件、私に任せて貰《もら》えませんか？」

「任せる？　どうするんだ？」

「この子を、持ち主の許《もと》へ返します。もちろん、脅したりもしません。代わりに……」

薫香の提案に、黒曜は動きを止める。その顔からは表情が抜け落ちていた。

「お前、自分が何を言っているか、分かっているのか？」

「もちろんです」

端整な黒曜の顔が、怒りに大きく歪《ゆが》む。

「ふざけるな！　折角手に入れた好機を、みすみす手放すというのか？　これは皇后候補を追い落とす、絶好の機会でもあるのだぞ。一族の悲願はいいのか？」

「だからといって、他人を不幸にしていいという道理はないでしょう？」

静まり返る室内。風が揺らす窓の軋《きし》みが、場違いに響く。

「とんでもない理想主義者だな。ここまで愚かだったとは……。知らないようだから教えてやる。ここは後宮だ。善人なんていない。他人の足を引っ張り、蹴落とし、上にいる者を引きずり落とし、邪魔者は排除する。そういう場所なんだ。あいつらだって、そうしてきたんだぞ！」

「だから、あなたも同じことをするのですか？」

「そんな甘いこと言えるのはなあ、本当の悲しみを知らないからだ。殺したいと願う程に人を憎んだことのない奴《やつ》の言うことだ」

「あなたは、あるのですか？」

「……」

黒曜の目が大きく見開かれる。だが、すぐに獣のような目で薫香を睨《にら》みつけてくる。

（負けるものか）

二人は静かに睨み合う。

先に目を逸《そ》らしたのは、黒曜の方。

「勝手にしろ！　いまに泣きを見るからな！」

乱暴な足取りで黒曜が去ってしまうと、辺りは静けさを取り戻す。

一人取り残された薫香。黒曜の残していった香りが、その鼻に触れた。

翌日、薫香は南紅宮へと足を運んだ。宦官《かんがん》に扮《ふん》して訪れた前回とは違い、今回は贖罪妃として。

突然の訪問は、当然の如《ごと》く驚きをもって迎えられた。昨日も応対してくれた女官に、託《ことづけ》代わりの手紙を渡す。一夜でさらに目の下の隈《くま》を濃くした女官は、困惑しながらも手紙を持って中へと走る。ほどなくして薫香は宮へと招き入れられた。

さほど待たされることもなく、南貴妃が姿を見せる。こちらも目の下の隈はひどく、心配になるほど憔悴《しょうすい》が見て取れた。

「本日は、一体どのようなご用件でしょうか？」

「先程の手紙に示した通りです」

「これがですか？　何も書かれてはおりませんが」

間を挟んだ卓子の上に、手紙が投げつけられる。先程女官に託したもので、確かにそこには何も書かれてはいなかった。

「はい、文字は書いておりません。ですが、お伝えしたい用件については、正確に読み取って頂けたかと。だから、会って頂けたのですよね？」

「……」

　手紙には何も書かれていない。代わりに霊猫のにおいを、たっぷりと付けてある。

「お伺いした理由は、他でもありません。こちらを、南貴妃さまに見て頂きたかったからです」

　卓子の上に持って来た物を置き、被《かぶ》せてあった白布を取る。

　けたたましい音を立てて、椅子が倒れた。南貴妃が突然、立ち上がったから。

「な、なんですか、これは？」

　震える声で問う。

「化け猫騒動の犯人でございます」

　卓の上に置かれたのは手持ちの檻《おり》。その中には例の霊猫が入っていた。いまは大人しく、戦慄《わなな》く唇を引き結び、南貴妃は何かに耐えるように目を閉じた。その姿は痛々しく、思わず目を逸らしたくなる。

「わざわざ、それを報告に来られたのですか？」

「いいえ。私はただ、こちらの霊猫をお返しに上がっただけです」

「……どういうことでしょう？」

「この霊猫は、ここ南紅宮から逃げ出したのではありませんか？」

閉じていた目を、カッと見開く。

「異なことを。この後宮には猫はおろか、獣を持ち込むことは固く禁じられています。その獣はどうやって、我が宮に入り込んだというのですか？」

「入り込んだのではありません。持ち込まれたのです。厳しい監視の目を盗んで、いいえ、正確には監視を堂々と通過して」

南貴妃の瞳が揺らぐ。どうやって、と問い返す言葉はかすれていた。

ここからは、昨夜、黒曜が解き明かしたことを繰り返す。

「猫や他の動物では無理です。ですが、霊猫なら可能なのです。霊猫から貴重な『霊猫香』が採れることは、多少なりとも知識のある者なら知っています。霊猫は獣であると同時に貴重な香材でもある。香材として持ち込まれたのであれば、監視官も疑うことなく通したはずです」

「……」

何かを紡ぎ出そうとした唇は、言葉にならぬまま閉じられた。沈黙に構わず、薫香は先を続ける。

「もちろん生きたままでは、さすがに難しい。恐らくは一時的に眠らせる、或《ある》いは仮死状態にして持ち込んだのでしょう。さすがの監視官も死んでいた獣が生き返るとは、思いもしなかったでしょうね」

一時的に体を麻痺《まひ》させ、仮死状態にする薬草があると黒曜は言っていた。

草木を原料とする香材は、その多くが薬としても使われる。農業が盛んで、植物の知識に精通する南王家なら、当然知っているはずだ。獣一匹仮死状態にするなど造作もないことだろう。

「いかがでしょう？　私の推測は間違っていますでしょうか？」

裏付けもある。朝方、宮に投書があった。差出人の名はなかったが、中を見れば一目瞭然。それは後宮への納品書の写し。

（あの時間から調べたのなら、徹夜だったろうな。本当に素直じゃないんだから）

写しの中に霊猫の記載を見つけた。送り主は南王家で、送り先は南貴妃。

「……」

南貴妃は沈黙を守っていた。いま彼女の中では、いろんなことがせめぎ合っているのだろう。

（しがらみを背負わされた人間はつらいよね）

心の底から同情する。

「もし間違っていたなら、このままこの子は持ち帰ります。……なんて意地悪なこと、私はしたくありません」

最後の一押しに、全てを諦めるようなため息がひとつ、静かに零《こぼ》れた。

「間違ってはいません。その子は、確かにうちの宮から逃げ出しました」

「ありがとうございます」

薫香は敬意をもって、南貴妃に一礼した。

「でも、どうしてうちの宮から逃げ出したと分かったの？」

そう言うや、皇后候補の一人はいきなりこちらに身を乗り出してきた。いろんな重圧から幾分解放されたからか、南貴妃の表情には明るさと余裕が見えた。

「その質問にお答えする前に、私は南貴妃さまに二つ、謝罪をしなければならないことがあります」

「謝罪？」

「はい。一つは昨日、宦官に扮してこの宮に入り込んだこと」

最初は何を言われたか分からない様子だったが、やがて思い至ったのか、目を丸くする。

「じゃあ、あの時横に控えていた宦官はあなただったの？　随分と可愛《かわい》らしい顔をしているとは思っていたけれど」

耳慣れない言葉に、思わず赤面しそうになる。その言葉、ぜひあの性悪偽宦官にも聞かせたい。

気を取り直して続ける。

「もう一つはその際、この宮の中を勝手に歩き回ってしまったことです。誓ってわざとではありません。厠《かわや》をお借りして戻るところ、あの麝香《じゃこう》のようなにおいを嗅いでしまったのです。においに誘われて、ふらふらするうちに物置のようなところに入ってしまい……」

「見つけたのね」

はい、と答える。物置には空の檻が、隠すように置かれていた。

「においは檻の中から漂っていましたが、かなり弱くなっていました。それで檻の住人が、もう何日も戻っていないことが分かりました。そして南貴妃さまや、応対してくれた女官の目の下に隈が出来ていたこと。昼間にもかかわらず、宮の中に人影がなく、静まり返っていたこと。それらの事実から推測しました」

黒曜が、と心の中で付け足しておく。

霊猫は夜行性。だから、姿を見せる夜中に総出で捜していたのだ。昨夜、すれ違った女官たち。彼女たちが呼んでいた名は、人のものではなくこの霊猫の名前。

今日も南貴妃の宮に人影はなく、とても静かだった。きっとみんな寝入っているのだろう。無理もない。夜通し後宮内を駆け回っていたのだから。

「なるほど。本当に鼻がいいのね。さすが『香妃』の生まれ変わりと、言われるだけのことはあるわ」

倒れた椅子を自ら戻し、座り直した南貴妃は卓に身を乗り出す。檻に顔を近づけ、霊猫を見つめる。その目には優しさが溢《あふ》れていた。

「私ねえ、南の王家の縁者ということになっているけど、本当は養女なの。王家とは縁も所縁《ゆかり》もない、田舎の貧しい農家の生まれ。近くには霊猫が棲《す》む森があって、この子は子供の頃に捕まったの。まだ小さかったから、私が貰《もら》って育てることになった。そのうちに本当の姉妹のような存在になったわ。貧しかったけど、楽しくもあった。何しろ他の世界を知らなかったから」

「どうして南王家に？」

南貴妃は小さく首を振る。

「ある日突然、馬車に乗せられて、着いたところが王家のお屋敷《やしき》。綺麗《きれい》な服を着せられ、美味《おい》しいものを食べて、ふかふかの布団で眠る。最初は楽しかったのだけれど、やがて飽きた。周りの女官や大人たちは優しかったけど、何を考えているのか分からなくて怖かった。周りに心許せる者がいないことが、どれほど苦しかったか。帰りたいと訴えたけれど、王家はもちろん、実家からも止められた。淋《さび》しさを紛らわすため、この子を送って貰ったわ」

娘を差し出す代わりに、実家へ大金が支払われたのは間違いない。家族からも戻ることを拒絶された南貴妃。彼女にとって霊猫は唯一心許せる存在だったのだろう。

霊猫の名前を思い出す。『遠里』。遠い里。どんな思いで、彼女はこの名をつけたのだろう。

不意に、薫香は怒りを覚えた。誰に対してか分からない怒りを。

「やがて、後宮に入ることを教えられた。私の役割と使命と共に。私は承諾の条件として、この子も一緒に連れて行くと言い張った。当然反対されたけど、私の頑《かたく》なさに王家が折れたわ。どうやら私の代わりは、そうそういないらしいの。そして今回の計画が考え出されたってわけ。計画についてはあなたの言った通りよ。私が話せるのはこれですべて」

すべてを話し終えた南貴妃は、晴れやかな顔をしていた。

「お話し頂き、ありがとうございます」

「あ～あ、失敗したなあ。どうして檻の鍵を掛け忘れたりしたんだろ？」

「思うに南貴妃さまは、意外とそそっかしい所がおありなのではありませんか？」

「分かる？」

はははっ、と南貴妃は声を上げて笑った。気付けば口調も砕けて、本来の彼女の姿をうかがわせる。

「で、私はどうすればいいの？」

「どうすれば、とは？」

突然の申し出に、薫香は首を傾《かし》げる。

「あなたの要求よ。この子を返す代わりに、私に何をさせたいの？　御前聞香を辞退すればいいのかしら？　それとも他に何かある？」

「いいえ、何も。私はただ、この霊猫をお返ししに来ただけですが？」

僅かな間の後、南貴妃の絶叫が木霊する。

「はあっ！　何言っているの？　あなたはいま、後宮に獣を持ち込むという罪を犯した私の、弱みと証拠を握っているのよ？　しかも皇后の座を争う相手の。何もないわけがないでしょ」

つまり彼女は、今回の件をネタに薫香が脅しをかけてくると思っているわけだ。黒曜がやろうとしたように。

甚だ心外だ。でも、ここからは薫香の意思で進める。

「では、私からの要求です。南貴妃さま、私と友達になって下さい」

一瞬、間が出来る。

「はっ、ふざけているの？　弱みを握られている相手と、友達になんてなれるわけないでしょ？」

「ごもっとも。なので、こうしましょう。南貴妃さま、実は私は『香妃』ではありません。皇后の座を狙うために自称した、いえ、自称させられたまでです」

「えっ？」

突然の告白に、南貴妃は表情を失う。呆気《あっけ》にとられた様子で、薫香のことを見つめる。

「嘘《うそ》ではありません。現に鼻は多少よい方ですが、香材についての知識は並み以下。そのあたりを問われたら、あっという間にボロが出るはずです」

「ちょっと待ちなさい！　待ちなさい！　あなた、自分が何を言っているのか分かってい るの？　『香妃』を名乗ることは重罪。ばれたら厳罰なのよ」

「はい。だから、この秘密を暴露されると、私は大変都合が悪い。つまり南貴妃さまは、私の弱みを握ったのです。どうです？　これで立場は同じ。お互いに弱みを握り合った対等な状態。友達になって頂けますか？」

にっこりと微笑《ほほえ》む薫香に、南貴妃は心の底から呆《あき》れた様子で肩を竦《すく》める。

「信じられない。どうしてそこまでして、私と友達になりたいのよ？」

「憧れだからです」

「えっ？」

「ええ。南貴妃さまも孤独だったでしょうが、私も孤独でした。十数年、宮に閉じ込められていましたので。幸い、心許せる者が一人いてくれましたが、友達とは呼ばせてくれませんでした」

銀葉は頑なに主従の関係を崩さない。それが銀葉への、唯一の不満。

「いかがでしょう？」

「……私たち、似た者同士かもね。いいわ、友達になりましょう」

「では、よろしいのですね？　南貴妃さま」

ぱっ、と顔を輝かせた薫香に、しかし南貴妃は首を横に振る。

「桂花《けいか》よ」

「えっ？」

「南貴妃ではなく、桂花。私の本名よ。よろしくね、薫香」

「はい、桂花さま」

差し出された右手を、薫香は力強く握った。

第三章　殺人現場は沈香の香り

化け猫騒動がいち段落した、とある昼下がり、南紅宮《なんこうきゅう》には明るい笑いが溢れていた。

「それでね、一体どんな厳《いか》めしい人が来るのかと思ったら、びっくりするくらいの優男だったの」

「それは、意外ですね」

南貴妃《なんきひ》の弾む声に合わせて、薫香《くんこう》も自然と笑い声を上げた。

件《くだん》の騒動以来、こうして南貴妃に呼び出されることが多くなった。大概がお茶会や花見のお誘いで、たまに『香』を聞いたりもする。要するに理由を付けて、おしゃべりをしたいだけ。もちろんそれは薫香も望むところなので、断る理由はない。

今日は庭の桃の花が満開を迎えたので、見に来ないかとのお誘い。喜んで馳《は》せ参じたというわけだ。

陽気は穏やかで、庭には見事な桃の花。春の香りが鼻孔をくすぐる。庭に卓子《テーブル》を出し、お茶とお菓子で花見と洒落《しゃれ》込んだ。だが専らの話題は、先頃南貴妃の許《もと》を訪れた皇帝のこと。

「もっと詳しく陛下のことを教えて下さい」

「そうね、背はそれほど高くないわ。でも、とてもきれいな顔立ちをしているの。思わず見惚《みと》れちゃうくらい。それでいて物腰は柔らかく、いつも笑顔で、こちらを気遣って下さったわ。まあ、一国の主《あるじ》としては少々頼りないけどね」

心地よい笑いが爆《は》ぜる。

沈香亭《じんこうてい》で初めて会った時に比べ、南貴妃は見違えるほど明るくなった。もっとも本人に言わせると、こちらが素の姿らしい。妃《きさき》という立場と、生来の人見知りが猫を被《かぶ》らせていたらしい。

「頼りないのは仕方がないですよ。まだ即位間もない上、いま十五歳でしたっけ？　学問と芸術好きで、年齢の割には落ち着いていらっしゃると評判じゃないですか」

「確かに頭が良さそうではあったわ。でも意外と間の抜けた所もあるのよ。宴《うたげ》の最中に一人で厠に立ったきり、なかなか戻って来ないの。ようやく戻って来られたかと思ったら、迷子になってたんですって。青い顔して言うから、可笑《おか》しくって」

再び笑いが起きる。黄塵国《こうじんこく》皇帝も、姦《かしま》しい女の口にのぼれば形無しだ。

「随分と可愛《かわい》い御方じゃないですか。私も一度でいいから、お目通りしたいですね」

「あら、出来るわよ」

思わぬ言葉に、首を傾げる。そんな薫香に南貴妃は続けた。

「だって、薫香も皇后候補の一人なのよ。御前聞香《ごぜんもんこう》前に妃全員の許を回るとおっしゃっていたわ。きっとあなたの許にもいらっしゃるはずよ」

「だといいんですが。私は贖罪妃《しょくざいひ》ですから」

そう言って、薫香は苦笑いを浮かべた。

『香妃《こうひ》』を名乗る薫香の登場と化け猫騒動で、御前聞香の日程は延び延びになっている。騒動の方は収束したが、御前聞香への参加方法が決まっていない。それ次第で命運が決まる薫香としては、気が気ではないのだが。

香り高いお茶と共に、薫香はそっとため息を飲み込んだ。

南貴妃と楽しいひと時を過ごし、独房宮《どくぼうきゅう》に戻ってみれば、待っていたのは黒曜《こくよう》の不機嫌な顔。

「なんです、その顔は？」

「生まれつきこういう顔だが、何か？　それより、また南貴妃のところへ行っていたのか？」

そうだ、と答えると、黒曜はあからさまにため息を吐《つ》く。どうにもこの男は、薫香が南貴妃の許を訪れるのが気に入らないらしい。

「何をそんなにカリカリしているんです？」

「誰もカリカリなどしてない」

言葉とは裏腹に、その表情には苛立《いらだ》ちが見える。

「あれだけ薫香さまの南貴妃懐柔に反対した手前、こいつは立つ瀬がないのです」

横から銀葉《ぎんよう》が、ぼそりと口を挟む。

「こいつ、ではない。黒曜だ。そして、誰が立つ瀬がないって?」

「銀葉、そんなにはっきり言っては駄目よ。男の人には見栄《みえ》ってものがあるんだから、そっとしておいてあげなさい」

違う、と嫌そうな顔をする黒曜。からかうと、ますます意固地になるところが面白い。

一つ咳《せき》ばらいをして、黒曜は姿勢を正す。

「いいか、俺は危惧しているのだ。いまは御前聞香前で、どの妃もぴりぴりしてる。お前が不用意に南紅宮へ出入りすることで、他の妃を刺激しないとも限らん」

「私が南貴妃さまと会うことが、どうして他の妃さまの刺激になるんです? ちなみに私もお前、ではありません。薫香です」

黒曜の顔がますます苦々しくなる。

「いいか、『四』という数字はとても安定している。だが、『五』もしくは『三』という数字はとても不安定だ」

挙げた数字のたび、その数の指を突き出す黒曜。

「それがどうかしたのですか？」

「皇后候補が四人だった場合、話は単純だ。誰かと誰かが手を組んだなら、残りの二人が手を組めば形勢は互角。常に一人にならないよう気を配ればいい。ところが候補が五人となった今は違う。誰かと誰かが手を組んだと分かった場合、残された三人の選択肢は二つしかない」

「手を組んだ二人の仲間になるか、残った三人で手を組むかってことですか？」

黒曜は大きく頷《うなず》く。

「その通りだ。だが、いずれの場合も三対二、もしくは四対一にしかならない。戦力的拮《きっ》抗《こう》は崩れる。候補が五人となったいま、誰かと手を結ぶことが有利に働くとは限らない。逆に危険を招くことにもなる。だから俺もここに来る時は、誰にも知られないよう、細心の注意を払っているんだぞ」

分かったか？　と得意気に小鼻を膨らませる黒曜。

それについて腕を組んで考えてみた。そして薫香は、ポンと手を打つ。

「選択肢はもう一つ、あるのではないですか」

「何？」

思わぬ反論にむっとしながらも、黒曜が応じる。

「手を組んだ二人と残った三人、全員が手を組めばいいのです。そうすれば五対零。争いようのない、絶対的安定じゃないかしら」

「なっ⁉」

「お見事です」

絶妙な間で、銀葉の合いの手が入る。キッとそちらを睨《にら》んだ黒曜だったが、銀葉は素知らぬ顔。

「相変わらず、そんな理想論を……」

「ですが、南貴妃さまの時は上手《うま》くいきました。他の妃さまとも、上手くいかないとは限りませんよね」

「……」

黒曜は不服そうな顔で押し黙る。形勢が不利になると口を閉ざす。目の前の男の、そんな癖が最近分かって来た。

「それはそれとして、あなたの心配は分かりました。今後は気を付けるようにしましょう」

「よろしい」

結果的に意見が受け入れられたからか、黒曜は一変して鷹揚《おうよう》に頷く。意外と分かりやすい
「次からは宦官《かんがん》に扮《ふん》して、南貴妃さまに会いに行きます。それなら問題ないでしょ？」

だからつい、この男、揶揄《からか》いたくなる。

「……」

閑話休題。

「ところで、本日お越しになったご用件は何ですか？」

「ああ、そうだった」

黒曜は決まりが悪そうに、ガリガリと頭の後ろを掻《か》く。

「御前聞香への参加方法が決まりそうだ。あとは四妃《よんひ》の同意が得られれば確定する。おそらく問題はないだろう」

「ほう、それでどんな方法ですか？」

「御前聞香で陛下に献上する『香』をお前……、薫香にも嗅いでもらう。そして、その『香』の正体を言い当てる。四つ全て当てられれば、『香妃』と認められ皇后へ。もし一つでも間違えれば、『香妃』を騙《かた》る罪人として厳罰」

「まさに天国と地獄ですね」

薫香は肩を竦《すく》める。

「どうだ？　やれそうか？」

「無理ですね」

即答だ。そもそも薫香は鼻がょいだけで、『香』の知識は乏しい。においの違いは見極められても、それが何のにおいであるかを答えるには、その知識量が必要不可欠。

「ましてや四妃、四王家《よんおうけ》が威信と実利を懸けて用意する『香』ですよ？　門外不出の一品かもしれないし、遠い異国の物かもしれない。知らない物のにおいなんて、答えようがないじゃないですか」

「確かに。よく考えれば絶望的な条件だな」

「よく考えなくても分かるでしょう、普通。一体、どんな審査基準なんですか？」

呆《あき》れる薫香を見て、黒曜は鼻で笑う。

「基準なんてあるものか。そもそも合格させる気がないのだからな。『香妃』ならどんなことでも分かって当然、という主張で、無理難題でも押し通せる」

「尾鰭《おひれ》のついた伝説と比較されては、こちらは堪《たま》りませんね」

やれやれ、と頬を掻く。

「では、どうする？　早々に審査を辞退して、皇后選びから脱落するか？　いまならまだ俺の縁故《ちから》で、命だけは助けてやれるぜ」

「おや、辞退させてくれるんですか？　この舞台に、私を引き上げた本人が？」

薫香が皮肉交じりに驚いて見せると、黒曜はばつが悪そうに顔を逸《そ》らす。

「まあ、このまま死罪にでもなられると、さすがに寝ざめが悪いからな。それに薫香には、いろいろ利用価値があることも分かった。死なすには惜しい、気もする」

「そうしてまた、ここに閉じ込められる日々ですか？　あなたに必要とされる時だけ、宮を抜け出して」

口元が歪《ゆが》む。

「薫香？」

「堪りませんね、そんな生活は」

「だが、いままでそうやって過ごして来たんだろ？」

「いままでは、です」

そう答えた薫香は、窓の方に目を向ける。窓からは代わり映えのしない、いつもの景色が見えた。

「それはどういうことだ？」

「世界が広がったということです。いままでの私は、あの窓が切り取る景色しか知りませんでした。でもいまの私は、あの景色の先の世界を知っています。そして私の世界を広げたのは、あなたなんですよ」

井の中の蛙《かわず》大海を知らず。きっと蛙《かえる》は、誰にも大海の存在を教えて貰《もら》えなかったのだ。大海があると知ったら、蛙だって大海原で泳ぐことを願ったはず。

「失敗すれば命がないと、分かっていてもか？」

「分かっていてもです」

迷いのない返答に、黒曜は不思議なものに出会ったかのような顔をする。そして、やれやれと肩を竦めた。

差し込む風に、窓が小さく戦慄《わなな》いた。

「それに今回の審査条件、決して悪いことばかりではありませんよ」

そう口にした薫香の声には、いつもの明るさと茶目っ気が戻っていた。それに気付いた黒曜は、我知らず安堵《あんど》の息を吐く。

「ほう、絶望しかないように思えるが。何が悪くないと言える？」

「それはもう、『香』を嗅げることです。門外不出の『香』、遠い異国の『香』、未知なる『香』……、どれをとっても胸が高鳴る。おそらく皇帝しか嗅ぐことの出来ない『香』を、私は嗅ぐことが出来る。これを幸運と呼ばず、何を幸運と呼びましょう！　まさしく命を懸けるに相応《ふさわ》しい！」

自身の考えにうっとり浸る薫香。

「まあ、何に命を懸けるかは、人それぞれだしな。なにより御前聞香から降りないのは、俺にとっては都合がいい」

呆れとも、諦めともとれる表情で、黒曜は淡く笑う。最後の方は、自分に言い聞かせているように思えた。

「兎《と》にも角《かく》にも、お前は皇后になる以外に道はない。そして御前聞香が期待できない以上、別の方法で『香妃』であることを、認めさせるしかない」

「別の方法。例の神託作戦ですか？」

『香妃』の伝説になぞらえ、薫香が神託をもたらし、それにより事件を解決する。『香妃』の再来という評判を、後宮内に広めようという目論《もくろ》み。

「そうだ。化け猫騒動の時は、噂《うわさ》を仕込むより先に霊猫《れいびょう》を捕獲し、事件を解決することになってしまった。だが、次こそは必ず上手くいく。なにしろ俺の考えた作戦だからな」

どこまでも自分に自信のある奴《やつ》だ。呆れを通り越して、いっそ羨ましくなる。

「次、ということは、また何か事件があったのですか？」

「実はな……」

口の端を上げ、黒曜は嬉《うれ》しそうに話し出す。

「先日、とある宦官が殺された」

「殺人事件ですか？」

血生臭いことは、あまり好きではない。自然と眉を曇らす。

「そうだ。殺されたのは禁城内に住む若い下級宦官。自宅で死んでいるのを発見された。死因は撲殺。鈍器で頭を殴られていた。下級宦官とはいえ後宮に出入りしていた者だったから、俺が調査担当を命じられたというわけさ」

「後宮を管理する太監の管轄ということですね」

「そういうことだ」

そもそも後宮を管理するのは皇太后や皇后の役目。だが、現在の黄麞国には、皇后も皇太后も不在。そのため太監が、その管理を任されていた。太監長は切れ者と評判の白檀《びゃくだん》で、黒曜はその部下にあたる。以前、銀葉が調べてくれた通り、目を掛けられているようだ。

「殺されていたとのことですが、強盗か何かですか？」

「いいや、強盗の線はまずない。部屋に荒らされた痕跡も、何かを盗まれた様子もなかった。そもそもが下級宦官だ。奪えるほど財産があったとも思えん。なにより現場の床には濡《ぬ》れた跡と、傍《そば》に碗《わん》が二つ転がっていた」

「誰か訪ねてきた者がいる？」

黒曜が鷹揚に頷く。

「俺もそう考えた。そこで被害者の人間関係を調べさせてみたのだが、これが思いもかけない結果になってなあ」

「どういうことです？」

事件を大事《おおごと》にしたがっている黒曜だ。その楽し気な表情を見る限り、芳しくない結果だったことは分かる。だが、思いもかけないとは、どういうことだろう？

「この男、とにかく人付き合いが希薄でな。独り身の上、近所付き合いも碌《ろく》にない。職場でも浮いた存在で、家を訪ねるほど親しい者は皆無。大家や遠方に住む両親など、辛《かろ》うじて男を訪ねて来そうな数少ない者も、事件の日には来ていないことが分かっている」

「なるほど。つまり容疑者がいないということですね」

そういうことだ、と満面の笑み。実に不謹慎極まりない。そのうち天罰が下るぞ。

「状況は分かりました。ですが正直、後宮で話題になるほどの事件でしょうか？　亡くなられた方には大変申し訳ないのですが、後宮に出入りしているとはいえ、下級宦官が殺されただけですよねぇ？」

「これで終わりならな。だが、話には続きがある。実は気になる証言が一つ出て来た。証言したのは、死体の発見者。ちなみに職場の同僚で、こいつも下級宦官だ。七日も仕事に来ないので、上司に命じられ、わざわざ家を探しだし訪ねたんだと」

「それで、気になる証言とはなんです？」

自然と薫香の体は前へと乗り出す。

「部屋に入った時、においがしたそうだ。沈香《じんこう》のにおいだったと証言している」

「……」

適度に醸し出されていた緊迫感が、空気が抜けるように失われていく。

「驚くところだぜ」

黒曜が不服そうに口を尖《とが》らせる。

「いや、何を驚けばいいのです？　客人を迎えるために、沈香を焚《た》いた。おかしなことではないと思いますが？」

沈香は香木の一種。火にくべ、熱を加えることで、樹脂が溶けて芳しい香気を発する。においは最高のもてなし。そのため来客の際、『香』を焚くことはよくあることだ。

だが、黒曜は呆れ顔。

「いや、おかしいんだよ。いいか、沈香ってのはとても高価な物なんだ。下級宦官《かんがん》ごときが、おいそれと焚ける物でも、手に入れられる物でもない。現に被害者の生活ぶりから、そんな経済的余裕がなかったことは分かっている」

沈香が高価な品であることは、薫香も知っている。質のよい物になると、同じ重さの金と交換されることもあると聞いた。

だが、腑《ふ》に落ちない。

「宦官といえば金の亡者。賄賂で私腹を肥やし、血税を湯水の如《ごと》く消費し、贅沢三昧《ぜいたくざんまい》の暮らしをしているとばかり思っていました」

「悪《あ》しき先入観だな。そんなのは、ほんの一部の者だけだ」

「そうなんですか？」

「そうだよ。考えてもみろ、そのほんの一部の連中のせいで国が傾くんだ。ごまんといたら、この国はあっという間に潰れちまう」

なるほど、と納得する。甘い汁を吸うのは、限られた悪人たちで充分というわけだ。

「そう言われると、確かに不思議ですね。なぜ部屋から沈香の香りがしたのか？」

「そして高価な沈香を、どこで手に入れたのか？」

謎は深まる。

「この事件に目を付けたのは、においが絡んでいるからだ。におい絡みの事件を、『香妃』の再来が解決する。きっと、後宮でも評判になるはずだ」

「そう上手《うま》くいくものでしょうか？」

「いくさ。俺が言うんだから、間違いない」

相変わらず、大した自信だ。

「それで、私は何をすればいいんです？　当然、事件解決まで高みの見物、とはいかないですよねえ？」

「もちろん。存分に空を羽ばたかせてやる。ただし、首輪つきだがな」

ニヤリと口元を歪めた黒曜が、恭しく衣装箱を差し出す。

「なんです、これ？」

着替えが終わると、いつぞやの宦官姿。

「これは、まさか？」

「これから俺は現場に赴く。お前も同行しろ」

さも当然のこととばかりに、黒曜は命ずる。横柄な物言いには腹も立つが、いまはそれどころではない。

「私に後宮を抜け出せというのですか⁉」

驚く薫香などどこ吹く風、黒曜はしれっと頷《うなず》く。

軟禁中の独房宮から抜け出し、後宮内をうろついた前回とはわけが違う。妃《きさき》は皇帝が所有する財宝であり、後宮はいわば宝物庫。いま目の前の偽宦官がやろうとしていることは、宝物庫から財宝を盗み出すのに等しい。

（こいつ、自分が犯そうとしている罪の重大さ、ちゃんと理解しているのかしら？）

そう思い言ってやると、ニヤリと悪い顔で笑う。

「自分を財宝にたとえるとは豪儀だな。もっとも薫香の場合は、罪人を野に放つのたとえの方がしっくりくるがな」

「なるほどいいたとえですね、じゃないです！　後宮を抜け出すには、あの厳重な通用門を通らないといけないのですよ？　調べられたら終わりじゃないですか」

先日見た通用門の様子が思い浮かぶ。通過する人も、荷も厳重に調べられていた。

「安心しろ。俺がそんなへまをするわけがないだろ。万事に抜かりなどない」

黒曜は一枚の紙片を差し出す。見れば太監に所属する宦官の名前が記載されている。

「李桃香《りとうか》？」

「それは太監発行の通門証だ。そして今後宦官に扮《ふん》する時は、その偽名を使え。仮に調べられても、ちゃんと太監に籍があるから安心しろ」

「なるほど。架空の人物を一人作り出すことなど、造作もないということですね」

「まあ、そういうことだ。あとはこれも渡しておく」

今度は三合ほどの壺《つぼ》を差し出す。白い陶器で、蓋がある。以前、黒曜が見せてくれた物と同じだ。持ってみると、さして重い物でもない。振るとカラカラと音がする。

「なんですか？」

「『宝《パオ》』と呼ばれるもので、宦官にとってはとても大切な物だ。いわば、宦官であることを証明するもの」

黒曜の物言いに、蓋を取ろうとした手が止まる。

「ひょっとして、宦官の方が切断されたあれですか？」

「察しがいいな。興味があるなら見てみろ。もっとも干からびているがな」

謹んで遠慮しておく。生だってまともに見たことがないのに、最初から干物はさすがにきつい。代わりになんとなく手を合わせた。

「こういう物、どこで手に入れるんです？」

「先程言った通り、宦官にとって『宝』は自身を証明する大切な物だ。これがないと出世も出来ない。彼らにとっては文字通り『宝』なのだが、それだけに盗まれたり、奪われたりが後を絶たない。足の引っ張り合いは、どこにでもあるからな。そして奪われたそれらは、当然の如く売り買いされる」

「阿漕《あこぎ》な世界ですね」

気分のいい話ではない。聞いているだけで、うんざりしてきた。

「さあ、準備は整った。これでお前も立派な宦官だ」

目の前で偽宦官が爽やかな笑みを浮かべる。これでお前も同じ穴の狢《むじな》だ、と言わんばかりに。

自然とため息が出た。

黒曜の言った通り、通用門は簡単に通れてしまった。そして馬車に乗せられ、長い長い城内の通路を抜け、巨大な門に突き当たる。その先が城外、つまりは娑婆《しゃば》。

門を出たところで止めて貰《もら》い、馬車を降りた。

「……」

薫香は門を見上げ、無言で佇《たたず》む。

「随分と立派な門だろ？　太平門《たいへいもん》と言うんだぜ。この禁城で最大にして、最も絢爛《けんらん》な建造物。一般の者はここから先に入ることが出来ない。いわば禁城の玄関であり、顔だな」

いつの間にか黒曜が隣に立ち、同じように門を見上げていた。

「この門を初めて見た時のこと、覚えています。贖罪妃として連れてこられた時のことです。あまりの煌《きら》びやかさに、この先には桃源郷があるのではないか、と思ったものです。まさか生きて、もう一度この門を見られるとは、夢にも思いませんでした」

「……」

贖罪妃は生きている間、独房宮から出ることを許されない。死体だけが故郷に帰れる。そう教えられてきた。そう信じていた。

「不思議ですね。記憶ではもっと大きかった気がするんですが。まあ当時は子供でしたから、自分が成長したせいかもしれません」

薫香の呟《つぶや》きに、黒曜の表情が変わる。何をそんなに驚く、と訊《き》きたくなるほどの驚愕《きょうがく》の面持ち。

「成長？　これでか？」

ぽんぽんと頭の上に手を置かれた。

「悪かったですね、背が低くて!!」

繊細さの欠片《かけら》もない奴《やつ》の隣で、感傷になど浸るもんじゃない！

もういいです！　頭に置かれた手を払いのけ、門を離れる。すぐにカラカラと笑う声が追ってきた。

「薫香に郷愁なんて似合わないぜ。そんなものは、ははっと笑って吹き飛ばしちまえよ。いつものようにさ」

「まさかとは思いますが、慰めてくれています？」

「さあな」

あっさりと薫香を追い越し、先へ立って歩いてゆく黒曜。

その背に舌を出しながら、確かに郷愁は似合わないと薫香も思う。柄にもないことは、するもんじゃない。

遅れて乗り込んだ馬車は、静かに動き始め、賑《にぎ》やかな大通りを風のように駆け出した。

「ここだ」

黒曜に続いて馬車を降りると、そこはうら淋《さび》しさが漂う場所。先程まで車窓から見えていた、華やかな通りの景色はそこにはなかった。

「路地裏ですか？」

訊《たず》ねながら、薫香は袖で鼻を覆う。湿ったカビのようなにおいが漂っている。あとはドブのにおい。

「街の外れだ。ここまでは街の賑やかさも届かない。いわゆる都の暗部だ。ついて来い」

先を行く背に置いて行かれないよう、慌てて後を追う。道はぬかるみ、とても歩き難《にく》い。両側には今にも崩れてくるのでは、と心配になるほど傾いた家屋が並ぶ。そして人影は見当たらない。

黒曜はその中の一軒に入っていった。薫香もそれに続く。

「ここが被害者宅だ」

がらんとした空間が現れた。つまりはここが殺人現場。

「死体はそこで発見された。椅子に腰かけ、この卓子《テーブル》にうつ伏せで」

黒曜は部屋の中心に置かれた、丸い卓子を指差した。薫香は卓子に鼻を近づけてみる。

「なるほど、血のにおいが残っていますね」

「殺されてから十日以上も経《た》っているが、分かるものなのか？」

半信半疑といった面持ちで、黒曜が訊ねてくる。においを感じない黒曜には、俄《にわか》には信じ難いことなのかもしれない。

「空中に漂うにおいは、流れて行ってしまえば終わりです。ですが、壁や床、衣類などに染み付いたにおいは、容易《たやす》くは消えません」

あらためて部屋の中を見渡す。殺風景な部屋だ。南向きに窓が一つ、その下に粗末な寝台、隣には棚がある。中央に先程の丸い卓子、椅子は二つ。そして大きな水瓶《みずがめ》が一つ、卓子近くに鎮座している。それだけだった。

「家財と呼べる物もほぼなし。あまり生活感がありませんね」

「ああ、随分と慎《つつ》ましい暮らしをしていたようだな」

これを慎ましいというのか、薫香は疑問を覚えた。少なくとも、訪ねる者もいなかったという話は本当だろう。そして『香』を焚《た》くような、経済的余裕がなかったということも。

「その水瓶も、この部屋にあった物ですか?」

一目で安物と分かる他の物と違い、水瓶だけは作りのしっかりした物に見えた。

「あれは、大家から借りた物だそうだ。殺害される数日前、必要だからと借りて行ったらしい」

納得する。どうりで、水瓶だけが妙に浮いているわけだ。

現場に連れてこられたはいいものの、事件調査に関して薫香は素人。出来ることなど一つしかない。

「部屋のにおいを嗅いでもいいですか?」

「におい? 好きにしろ」

許しを得たので、早速。

「では、くんくんさせて頂きますね」

膝をつき、四《よ》つん這《ば》いになって、部屋中を嗅ぎまわり始める。

嗅ぎ始めてすぐ、沈香《じんこう》のにおいを見つけた。ただ、それほど質のよい物ではなさそうだ。

「そうやってると、本物の犬になったみたいだな」

様子を見守っていた黒曜が、そう言って笑う。もちろん、薫香は気にしない。

「部屋のにおいから、何か分かるものなのか？」

見ていることに飽きたのか、部屋の隅に移動しながら、黒曜が話しかけてくる。

「そうですねえ。染み付いているにおいは、その部屋の歴史でもあります。おおよその生活水準や習慣を、知る手掛かりにはなりますね」

「前から訊こうと思っていたんだが、人のにおいはどうだ？」

「人のにおい、ですか？」

顔を上げ、黒曜を見る。

「人は誰もが体臭を持っている。だが、そのにおいは体の部位や生活習慣、健康状態などで変化する。感情によっても変化するというが、本当か？」

「感情？　ああ、嘘《うそ》を吐《つ》くと嫌なにおいが、逆に楽しい時にはよいにおいがするとかですか？　多少の変化はありますね」

確証まではないですけど、と付け加える。

「体臭が変化するなら、においから人を特定するのは無理なのか？」

「そんなことはないです。人はそれぞれが異なるにおいを持っています」

「指紋のようにか？」

「はい。体調や感情による体臭の変化は、その個人特有のにおいに、他のにおいが付与される感覚です。核になるにおいは変わらないので、それを嗅ぎ取れば人を特定するのは可能です。もっとも人をにおいで識別するには、私も気を張って嗅がないといけません」

「ふむ、そういうものなのか。俺には想像も出来ない世界だ」

話しながら、部屋のにおいを嗅ぎ続ける。

「あとは個人的な感覚ですが、幸せな家庭には幸せのにおいが、そうではない家庭には、それなりのにおいが付く気がします」

納得がいかないのか、黒曜は首を傾《かし》げる。

「『香』やにおいに関する書物を、随分と読んだが、そんなことはどこにも書かれていなかったぞ」

「当然ですよ。私の個人的な経験則ですから。しかも後宮に入る前、子供の頃の経験です。嘘くさいと思ったら、忘れて下さい」

ふと顔を上げれば、黒曜は何やら考え込んでいた。

「幸せのにおい、か」

「まあ、どんなにおいかと言われても、説明できませんけどね」

「安心しろ。説明されても、鼻の利かない俺には分からん」

お互い顔を見合わせて笑った。

それほど広い部屋ではない。あらかた嗅ぎ終わると、吸い寄せられるように外へ出た。外には竈《かまど》があった。

「そういえば、凶器は見つかっているんですか？」

部屋の中に残っている黒曜に、外から声を掛ける。

「いいや、見つかってない。おそらく鈍器のような物だと思うがな」

「ありましたよ、凶器。ついでに、沈香のにおいの正体も」

バタバタと音を立てて、黒曜が部屋から飛び出してくる。

「本当なのか？　って薫香、お前何をしているんだ？」

黒曜が飛び出して来た時、薫香は竈の穴に顔を突っ込んでいた。尻だけが竈から突き出ている。

「ほら、これです」

竈の中から出て来た薫香の顔は煤《すす》で汚れ、髪も灰で真っ白になっていた。そんなことにはお構いなしに、汚れた手を差し出す。そこに握られていた物を見て、黒曜は顔を顰《しか》める。

「なんだ、これ？　薪の燃えかすか？」

「燃えかすではありますが、薪ではありません。沈香です。まだ微《かす》かににおいが残っています」

「そうか。沈香はジンチョウゲ科の常緑樹で、その木質は堅く、水に沈むのが特徴だ。そして香料として使われる沈香は、重ければ重いほど価値が上がる」

「つまり?」

「当然、ある程度の大きさの沈香を使う必要はあるだろうが、充分に人を殴り殺せるということだ。おまけに殺害した後、火にくべてしまえば燃えてなくなる。証拠は残らない。考えたものだ」

「だが、においは残った。ですね」

「そういうことだ」

大方処理に困って燃やしたのだろうが、沈香のにおいは部屋に流れ、それを発見者が嗅いだのだろう。

それにしても、人を殴れるほどの大きさの沈香を、そのまま火にくべるとは驚きだ。その塊から切り出した一欠片《かけら》で、薫香なら三日はにおいを楽しめる。何とも贅沢《ぜいたく》なことをしたものだ。

「いや、大したものだ。まさかこれほどとは。お前を『香妃』に仕立て上げた、自分の慧《けい》眼《がん》を褒めてやりたい気分だぜ」

「それ結局、誰を褒めているんですか? ちゃんと私のことも褒めて下さい」

不満を漏らしながらも、事件解決の役に立てたのだ。悪い気はしない。

「これで凶器と殺害方法は確定した。あとは犯人を見つけ出すだけだ」

「犯人ですか。ところで被害者は、一体どんな方だったんですか？」

「無口で偏屈、頑固で何を考えているか分からない。上司や同僚の評判は散々。誰一人悲しんでいなかったぜ、死んだと聞いても」

「七日、でしたっけ？」

死体が発見されるまでの日数。薫香は被害者の孤独を思う。

「悲しんでくれる人がいないのは、淋しいですね」

ちらりとこちらを見ただけで、黒曜はそれには何も答えず、話を続ける。

「出身は東王家領で、貧しい家の生まれだ。自ら宦官《かんがん》の施術をうけ、都に上って来たのが十五の時。五年前だな。なんとか後宮の下働きに雇われ、いまに至ったようだ」

宦官には去勢された男子しかなれない。自ら進んで去勢施術を受けることを『自宮《じきゅう》』と呼ぶそうだ。被害者もそうだったということ。

「働き口なら他にもたくさんあるのに、どうして宦官だったんでしょう？」

宦官になるための代償は大きい。なぜそこまで、と思ってしまう。

「安直に、宦官なら出世できるとでも思ったんだろ？　官吏になるには学問や武芸に優れていなければならない。そのうえで縁故など伝手《つて》も必要だ。それは難しい。だが、宦官は男性でなくなりさえすればいい。しかも天下を牛耳った宦官の話を挙げたら、枚挙に遑《いとま》がないほどだ。そんな彼らの出自は、必ずしも高貴なものではない。むしろ被害者に近い。貧しい身から抜け出したい、或《ある》いは一旗揚げたいと夢見る者には格好の存在。だから、進んで宦官になりたがる者は後を絶たないのさ」

実際にとある国では、募集人数の何倍もの応募があったという。しかもほとんどが自ら施術済みだったというから恐ろしい。

「だが、現実は違う。残念ながら宦官は人ではない。人と扱われない。だからこそ皇帝の傍《そば》近くに仕え、後宮に入ることも許される。そこから出世できるのは、ほんの一握り。多くの者は生涯下働きで終わる」

同じ勘違いをしていただけに、薫香には彼らの愚かさを笑うことなど出来ない。

「まだ被害者は幸運な方だ。下働きとしてさえ雇われない者も多い。そんな宦官希望者の末路こそ哀れだ」

「……」

先程の話では、募集に対して何倍もの応募者が集まるという。

「私は自分が不幸だと思ったことはありません。それでも幸せだと思ったこともありません。その認識をあらためた方がいいかもしれませんね」

私は幸せなのかもしれない、と薫香は思う。少なくとも彼らよりは。

それなのに黒曜は、いまさら？　と言いたげな顔で口を開く。

「そうだな。ぜひあらためて貰《もら》おう。薫香、お前は充分に不幸だ。自信を持っていい」

「……あまり持ちたくない自信ですね、そんなことで」

褒められているのか、貶《けな》されているのか、判断に迷う。

「不幸の一つや二つ、誰しもが抱えているものだ。下を見てたら切りがない。自分より不幸に思える者を見て、自分を慰めるのは止《や》めろ。それで這《は》い上がるのを諦めてしまったら、随分と勿体《もったい》ないぞ」

とりあえず励ましてくれているのだと思っておく。

「さて、今日の調査はここまでだ。帰るぞ」

何事もなかったかのように、黒曜は部屋《へや》を出て行った。


「腹が減った。何か食べていくか」

突然、黒曜がそんなことを言い出したのは、帰りの馬車の中。

「えっ、何です急に」

戸惑う薫香などお構いなしに、馬車を止め、さっさと降りて行ってしまう。こんな街中で、取り残されてはかなわない。慌てて薫香も、馬車を飛び降りる。

人混みを掻《か》き分けつつ、黒曜はどんどん進んでいく。大通りを離れ、狭い通りを何度も曲がる。

「ここらにするか」

角を曲がった途端、薫香はにおいの濁流にのみ込まれた。

その狭い通りには、食べ物屋と思《おぼ》しき店が軒を連ねている。店も人もすし詰め状態。大通りの華やかさとはまったく違う、猥雑《わいざつ》さと熱気、そして怪しさに溢《あふ》れていた。

豚の頭が並び、蛇や蛙《かえる》が吊《つ》り下げられた店先を通り抜け、一軒の店に入った。

店内はすでに満員に思えたが、店員は七、八人が囲む卓子《テーブル》の一角を指し示す。

「あそこが空いているそうだ」

「あ、空いている!?」

驚いているうちに、客と客の間、わずかな隙間に二人並んで押し込められた。

「注文はどうする?」

「この状況では、何があるかも分かりません!」

すぐ隣から怒鳴られたので、こちらも怒鳴り返す。周りがうるさ過ぎて、怒鳴らないと聞こえない。

黒曜が恰幅《かっぷく》のいい女性店員に注文を怒鳴る。すると、何か言い返された。

「一番人気の白菜と肉のスープは売り切れだ。魚のスープでいいな?」

「好きにして下さい!」

また怒鳴り返す。

いくらもたたないうちに、目の前に巨大な碗《わん》が乱暴に置かれる。まずそのにおいが凄《すご》い。おまけにぶつ切りにされた魚の頭や尻尾が、盛大にはみ出している。

とにかく早く食べて、ここを出よう。その一心でスープを口に運ぶ。

「……」

一口で目を見張り、声を失った。美味《うま》い！　なんだこれ⁉

魚の骨や豚骨、得体のしれない薬草からにじみ出たスープは、信じられないほど濃厚。なのに、まろやか。優しさすら感じてしまう。

「どうだ？　なかなか、いけるだろ？」

黒曜の得意気な声が聞こえた。だが、返事もせず、無我夢中でスープを貪る。気付けば、碗は空っぽ。体の中から熱が噴き出すようで、全身びっしょりと汗をかいていた。

でも、不快じゃない。

店を出る頃には、怖気《おじけ》づいていた通りの雰囲気にも慣れていた。

「ついでに甘い物も食べていくか」

言うが早いか、もう歩き出す。食後の甘い物。もちろん、望むところだ。

連れてこられたのは、汚い屋台の前。漂ってくる甘いにおい。

「蛤蟇吐蜜《ハーマトゥーミー》？」

「蜜を吐く蝦蟇《がま》だ」

黒曜が差し出したのは、丸々と膨れ上がった真っ白な焼餅。端がぱくりと開き、中のこし餡《あん》が飛び出している。なるほどその姿は、大口を開けて笑う蝦蟇にそっくり。周りについたゴマが、蝦蟇の背のイボみたいだ。

熱々のまま頬張る。外の皮はさっくり、餡はねっとり。ほどよい甘みと焦げた餡の香ばしさ。そしてほのかに香るのは……。

「金木犀《きんもくせい》？」

「正解だ。餡に金木犀の花の蜜漬けが混ぜてある。美味いだろ？」

口元に餡をつけたまま、黒曜はここでも得意気だ。

「なるほど。だから蜜を吐く蝦蟇、なんですね」

負けじと大口を開けて、蛤蟇吐蜜にかぶりつく。驚く黒曜を尻目に、三口で蝦蟇を平らげてみせた。

その後も、黒曜はあれを見に行くぞ、これも食べてみろと、薫香を勝手気ままに連れまわす。

そのたび薫香は新しい世界を見た。

「お帰りなさいませ」

黒曜と別れ、独房宮に戻ると銀葉が迎えてくれた。ただいま、と答えながら、汗と路地裏のにおいにまみれた宦官服を脱ぎ捨てる。

「いかがでしたか？」

着替えを手伝ってくれながら、銀葉は今日の首尾を短く訊《き》いてくる。

「悔しいけど、楽しかった。やっぱり広い世界っていいわね」

「それは、ようございました」

ちょっと不服そうな銀葉が面白い。

体はくたくただ。なのに、その疲れすら心地いい。体にまで染み付いた路地裏のにおい。鼻に触れるたび、自然と浮かぶのは黒曜の顔。何だかんだ理由をつけて、薫香を連れまわす得意げな顔が。

「まあ、いい所もあるんだな」

「何がです？」

意味を量りかね、不思議そうに銀葉が首を傾《かし》げる。

「なんでもないわ。それより頼んでおいた物は？」

贖罪妃として独房宮に閉じ込められてはいるが、欲しい物があれば支給された。要求を伝えるのも、物を受け取ってくるのも銀葉がやってくれる。

「こちらに」

差し出されたのは赤い手巾《しゅきん》、ではなく、その上にのった小さな木片。大きさは小指の先くらいしかない。

鼻を近づけるが、特ににおいはしない。

「沈香《じんこう》？」

「はい。東王家から献上された沈香から、切り出してもらいました」

事件の話を聞いて、無性に沈香を嗅ぎたくなった。それに事件解決に役立つこともあるだろうと、出がけに銀葉に頼んでおいた。

香木にもたくさんの種類がある。それぞれにおいが異なるし、同じ種類でも産地や部位によってにおいは違う。

黄塵国一の沈香の産地は東王家領。他にも小規模な産地は点在するが、質量ともに他を圧倒している。だから儀式や宮廷、後宮内で使われる沈香はすべて東王家産。それゆえに東王家は、四王家の中でも際立って優遇されてきた。

「早速、くんくんしてみましょう。用意して」

香木の代表格でもある沈香は、そのままでは匂わない。木自身が香るのではなく、その樹脂が熱で溶けてにおいを発する。だから沈香は温めないと香らない。

「準備が出来ました」

銀葉が持って来てくれたのは、小さめの香炉。釜底のように丸いおしりを持ち、三本の脚がある。中は灰で満たされ、三角錐《さんかくすい》の山が立てられていた。灰の山の中には熾《おこ》した炭、山の頂上には薄く小さな雲母の板が載る。その上に、手巾から取り上げた香木の欠片《かけら》を置く。こうすることで雲母の板から熱が伝わり、香木が香り出す。直接火にかける方法と違い、香木の欠片は燃えず残る。二度三度とにおいを楽しむことが出来た。

東王家から始まったこの方法は、少量で何度も楽しめることから、徐々に国中に広まりつつあるらしい。後宮では、この方法が主流だ。

「さあ、香りが立ってきたわ」

わずかな木片と侮るなかれ。この部屋を香りで満たすことなど造作もない。

薫香は香炉を持ち上げ、鼻に近づける。大きく息を吸い込んだ。

沈香の特徴は、上品で落ち着いた香り。香草を主原料に作られる練香や、動物を由来とする物とはまた違う奥行きがある。それは遥《はる》か長い年月によって生み出されるもの。特定の木が寿命を終え、香木に変わるまで三十年、良質な沈香は五十年かかるという。歳月の厚み、歴史の奥行きだ。

今日の沈香の香りも素晴らしく……、

「あれ？」

薫香は首を捻《ひね》る。眉間に皺《しわ》を作りながら、二度三度とにおいを嗅ぎ直す。

「どうかされましたか？」

「以前も同じように、沈香を取り寄せてもらったことがあるわよね。その時嗅いだ沈香は、本当に素晴らしかった。深くて、奥行きがあって。広がる景色にも淀《よど》みがなかった。だけど、今日のは薄っぺらい。においがぼやけてる気がする」

「確かに東王家の沈香のはず。ましてや後宮に納める品なら、質の落ちる物であるはずはないのですが」

困惑する銀葉にも嗅いでもらう。だが、すぐに首を横に振る。銀葉には分からないらしい。

「なんというか、二つのにおいが重なり合っているようですっきりしないの。においの弱い物に、無理やり強いにおいを被《かぶ》せたような……」

はっ、とした。その瞬間、確かに閃《ひらめ》くものがあった。

「もしかして……」

薫香の頭に、ある可能性が形となり浮かび上がってきた。

「こんな朝から、一体どういうつもりだ？」

翌朝、独房宮に黒曜の困惑の声が響く。

「すみません。どうしてもお話ししておきたいことがあり、私が銀葉に連れてくるよう頼んだのです。もしかして何か失礼がありましたか？」

「失礼どころか、控え目に言って拉致だったぞ」

「それは、申し訳ないです」

なにぶん手加減の出来ない子なもので、と小さくなる。

「それで話したいこととは何だ？　手早く済ませてくれ。俺は薫香ほど暇ではないんだ」

「分かりました。黒曜さまは『香』やにおいに関する書物を、数多く読まれたと仰《おっしゃ》いました。沈香についても、お詳しいですか？」

「むろんだ」

当然とばかりに、黒曜は頷《うなず》く。いつもは鼻につく横柄な態度も、いまは頼もしく思える。

「では、単刀直入にお伺いします。沈香を偽装する方法はありますか？」

「なんだ、詐欺まがいの商売でも始めるのか？　だったら、俺にも一枚咬《か》ませろ」

「誰がそんなことしますか。いいから、あるのかないのか教えて下さい！」

薫香の勢いに、黒曜は目を丸くする。

「あるよ。沈香を偽装する方法」

「あるんですか、本当に？」

自分で聞いておきながら、その事実に薫香は驚く。

「もう少し正確に言うと、質の悪い沈香を加工するんだ。良質な沈香は、黒くて重い。だから、質の悪い沈香の表面に墨を塗って、黒く見せたりする。これは少し表面を削れば、すぐ偽装と見破られてしまう。他には沈香を割って、中心部に鉛を仕込み、元通り張り合わせる方法。重量を嵩《かさ》増しするんだ。繋《つな》ぎ目も巧妙に偽装するから、見分けるのはかなり難しい。割ったり、挽《ひ》いたりすれば一発で分かるが、高価な沈香をそれほど大胆に扱う者は限られる。容易《たやす》くは露見しない」

「確か良質な沈香は、同じ重さの金と交換されるんでしたよね」

聞いているだけで眩暈《めまい》を覚える。

「手の込んだものになると、香油で煮込むという方法もある。何時間も煮込むから、冷める頃には隅々まで香油が浸透し、塊のどこを切っても真っ黒だ。おまけに表面から香油のにおいが漂う。ここまですると、見破るのは不可能に近い」

「なるほど」

驚くやら、呆《あき》れるやら。人の知恵とは凄《すご》いものだ。惜しむらくは、なぜそれを真っ当な方向に生かせないのか。

「それで。なんで、そんなことが知りたかったんだ？　俺に貴重な時間を費やさせたんだ。手ぶらで帰らせるなんてことは、許されないぜ」

挑発するかのように、意地の悪い笑みが向けられる。もちろん、薫香も負けてはいない。

「もちろんです。帰られてから、たっぷり仕事が出来るようにして差し上げます」

「楽しみだ」

深く息を吸い、ゆっくりと吐く。呼吸を整えてから、薫香は話し始める。

「実は事件について、一つの可能性を思いつきました。被害者ですが、誰かを脅迫していたとは考えられませんか？」

「脅迫？」

「はい。そして脅迫のネタが、これです」

卓の上に赤い手巾を差し出す。その上には、昨夜薫香が聞いた沈香の欠片。

「これは、沈香か？」

「はい。銀葉に頼んで、太監から支給してもらいました。この沈香、偽物です。おそらく後宮に納められた沈香の中に、偽装された物が交じっています」

黒曜は眉を顰《ひそ》める。そして小さく首を横に振る。

「ありえない。ここは後宮だぞ？　後宮に納める品を偽装するなど、にわかには信じがたい。何か証拠はあるのか？」

「においが違います。私は本物の沈香を嗅いだことがあります。記憶にあるそのにおいと、これは明らかに違います。証拠はありません。ただ、私の鼻を信じて下さい」

真っすぐ黒曜を見つめる。自信はあった。目の前の男が、薫香の言葉を信じてくれると。

しばらく考え込んでいた黒曜だったが、一つため息を吐《つ》く。とてもとても長いため息だった。

「いいだろう。薫香を『香妃』と言い出したのは俺だ。その鼻、信じよう。話を続けろ」

「はい！　被害者は何らかの方法で偽装に気付いた。被害者は、沈香の産地である東王領内の出身です。知識があったのかもしれません。事件のあった日、被害者は納品の中から偽装沈香を持ち出し、脅迫する相手を部屋に呼び寄せた。そして……」

「脅迫相手に殺された、か」

薫香は大きく頷いた。

考えに沈む黒曜の白く長い指が、コツコツと卓子《テーブル》を叩《たた》く。その音が、薫香の心音と重なる。

「おかしいでしょうか？」

「いや……、被害者は納品の検査にも携わっていたらしい。だとすれば、充分にありうる」

「納品の検査ですか？」

思い浮かぶのは霊猫探しの時に見た通用門の様子。後宮に納められる物はすべて調べられていた。あの中に被害者がいたのだ。

「納品の検査は、下働き宦官《かんがん》の持ち回りだ。被害者にも定期的に役が回って来ていた。偽装に気付いたのは、おそらくその時だろう。そして脅迫相手は、沈香を納めた商人」

「なるほど。では、後宮に沈香を納めている商人を全員調べてみては？」

「馬鹿か。そんな骨の折れること、誰がする。調べるのは被害者が検査番の日、品を納めた商人だ」

おもむろに椅子から立ち上がる黒曜。

「調べて頂けますか？」

「三日待て。三日ですべてを明らかにしてやる」

盛大に舌打ちして、黒曜は太監に戻っていった。

「誰かの言った通り、たっぷり仕事をする羽目になりそうだ」

そんな言葉を残して。


それからきっかり三日後、黒曜は独房宮に姿を見せた。

「どうでしたか？」

こっちはこの三日間、気になってまともに眠れなかったのだ。勇んで訊《たず》ねる。

「結論から言おう。お前の考えは、概《おおむ》ね正しかった」

「それでは？」

「ああ、無事犯人を確保することが出来た。犯人は後宮に沈香を納める商人の男。理由は沈香の偽装をネタに脅されたから。金銭を要求されたらしい。凶器は被害者が後宮から持ち出した偽装沈香。そのまま竈《かまど》で燃やしたことも認めたよ」

恐らく、この世で最もよいにおいがする凶器だったことだろう。

「偽装の手順はこうだ。まず東の王家から本物の沈香を購入。巧みに中を空洞化させ、その隙間に大量の木粉を詰め、突き固めて重量を嵩増ししていたんだと。沈香《じんこう》の重さが増せば価値も上がる。くり出した中身は別で売れるしな」

色が黒く、重いことが、良質な沈香の条件。それに鉛と違い、木粉なら火にくべても、後には何も残らない。上手《うま》いこと考えたものだ。

「なるほど。沈香を嗅いだことのない被害者でも、重さで偽装に気付けたわけですね」

辻褄《つじつま》は合う。

だが、薫香はもう一つ腑《ふ》に落ちないものを感じていた。

「偽装はそれだけですか？」

「それだけ？　ああ、犯人はそう言っていたが。それがどうした？」

「においを嗅いだ時、二つのにおいが重なっているように感じました」

「においが重なっていた？」

だから、黒曜の話を聞いた時、香油で煮込む方法が偽装に使われたのかと思った。それならにおいが二重になる理由も説明がつくから。

「あっ、でも気のせいだと思います。私の鼻も、万能ではありませんから」

慌ててごまかす。事件は解決し、犯人は捕まった、それでいいじゃないかと自分に言い聞かせながら。

そんな薫香の様子をじっと見ていた黒曜だが、一度首を振って、話を続ける。

「それから勘違いしていたことが、一つある」

「何でしょう」

黒曜は一拍、間をおいてから話し出す。

「通用門での物品検査の実態を調べたところ、物資の横流しが日常的に行われていたらしい。今回取り締まりを行ったが、まあ氷山の一角だろうな。被害者の上司や同僚たちも常習犯だったらしい。だが、被害者は頑《かたく》なに、同調を拒んでいたそうだ。汚い金を故郷に送れない、と言って。職場で浮いていたのも、その為《ため》らしい」

被害者の評判を思い出す。

「そんな被害者がなぜ、脅迫なんて行為を？」

「被害者には妹がいた。最近、生家に残したその妹の、縁談がまとまったそうだ。そして被害者は持参金を用意してやれないことを、随分と気に病んでいる様子だったと大家が証言している」

「……」

「稼いだ金もほとんどを、実家に送っていたようだ」

生活感のない、がらんとした被害者の部屋の様子が思い浮かぶ。

我知らず、ため息が出た。

「出来るなら、もう少し悪人と罵れるような理由だったらよかったのに。世の中、ままなりませんね」

「そういうもんだよ、世の中なんて」

事件の話は、そこで終わった。あとには沈黙だけが残る。


「着いたぞ」

「ここは……」

話のあと、ついて来い、と外へ連れ出された。そしていま薫香と黒曜がいるのは、化け猫騒動の時に見かけたあの小さな宮の前。

黒曜は何も言わず、中に入っていく。慌てて後を追いかける。いまは使われていないという話を裏付けるように、建物の中はひどく荒れて、埃《ほこり》っぽかった。

「ここのにおいを、嗅いでくれないか」

そこは宮の中の一室。がらんとして何もない室内。開きっぱなしの納戸の中にも、何も入ってはいなかった。

「……」

こうも素直に頼まれると、逆に気味が悪い。

いろいろと状況を訊《き》きたかったが、黒曜の顔を見てやめた。とても訊けるような表情をしていない。

時間をかけて、ゆっくりと部屋のにおいを嗅いだ。

「駄目です。放置されてから、時間が経《た》ち過ぎています。生活のにおいは、まったく嗅ぎ取れません」

強いてあげれば、黒曜のにおいがした。おそらく、最近様子を見に来たのだろう。

「そうか」

そう呟《つぶや》く黒曜の表情に、変化はない。

「あの、すいません」

何が悪いのか分からないのに、謝ってしまった。

「なぜ謝る。薫香が謝る必要はないと思うがな」

「私もそう思います」

ようやく少しだけ笑ってくれた。

「どうして、私をここへ？　なぜ、においを嗅がせたのです？」

「深い意味はないよ。この間の話を聞いて、ここの住人が幸せだったのか、ふと知りたくなっただけさ」

黒曜の目は、どこか遠くを見ていた。

幸せのにおい、そんな話をしたことを思い出す。

「先帝が皇太子の時に、使われていたそうですね」

「ああ、先帝と妾《めかけ》の女性、それから子供が一人いたはずだ」

「女性と子供は、どうなったのですか？」

名前の通り黒曜石を思わせる瞳が、少しだけ揺らいだように見えた。

「女は亡くなり、子供は消えた。ある日、当然」

「消えた？　子供がですか？」

驚く薫香を見て、黒曜は然《さ》もおかしそうに笑う。

「この後宮で人が消えるなんて、別に珍しいことではない。今日は悪かったな。さあ、戻ろう」

一度も振り返ることなく、彼は部屋を出て行ってしまった。

「謝ったりしないで下さい。気味が悪いじゃないですか……」

遠ざかる黒曜の背に、薫香のつぶやきが届くことはなかった。

第四章　予期せぬ幸運と思わぬ災禍

　下級宦官殺害事件及び、沈香偽装事件の余波は半月を経て、ようやく落ち着きを見せ始めた。

　事件については、すでに後宮中に知られている。というのも、事件は薫香《くんこう》が思いもしないほど、そして黒曜《こくよう》が予想したよりも大事《おおごと》になった。

　当初、下級宦官が殺されただけと思われていたが、その裏に潜んでいた沈香偽装事件が発覚。しかも偽装されていたのは、皇帝の懐とも言える後宮へ納めた品。皇帝の威信がどうだとか、威光があぁだとか、大騒ぎになった。

「ひと一人の命より、大切なものなんですかねえ？　皇帝陛下のご威信やご威光というのは」

　そんな素朴な疑問を口にしたら、黒曜に頭を軽く小突かれた。

「間違ってもそんなこと、外では口にするなよ。いま東王家の連中が偽装に関わった者を、血眼で探している。下手なこと言えば、お前だって首が飛ぶぞ」

　真面目な顔で注意された。もっとも言葉とは裏腹に、黒曜の様子はどこか楽し気に見える。相変わらず腹の内の読めない男だ。

さて、今回の偽装事件で一番激怒したのは東王家に繋《つな》がる大臣たち。その動きも早かった。犯人である商人への厳罰はもちろん、店は取り潰し、一族は全員都から追放。それだけにとどまらず、後宮の倉庫にあった沈香を一つ残らず調査。残りの在庫に偽装はなかったと、お墨付きが出たのは犯人検挙から数えて五日目。驚くべき早さだ。

さぞや優秀な大臣たちなのだろう、と素直に感心する。

「今回は異例、いや異常かな。普段は些細《ささい》な問題の解決にも、ちまちまやってる愚物どもだ。一体、どうしたというのか？」

黒曜も首を捻《ひね》るばかりだ。

まあ、沈香は東王家が独占する大切な特産品。気持ちも分からないではない。それでも……。

「なんか、急いで幕引きしようとしていません？」

「仕方ないだろ。御前聞香《ごぜんもんこう》を控えたこの時期、しかも陛下自ら順に妃《きさき》の許《もと》を訪ねている最中に——」

以下、どこかで聞いたことのある説明を繰り返す黒曜。ここでも皇帝だ。果たして皇帝というのはそんなにも偉いのか？　いや、偉いんでしょうけど。

いろんなことがモヤモヤとして、薫香の胸のうちは何とも晴れない。

事件のことは広く知られたが、その解決に薫香がかかわっていることを知っている者は少ない。

黒曜は今回こそ、事件の真相が公に明かされる前から、贖罪妃《しょくざいひ》の神託であると噂《うわさ》を流していたようだ。だが、偽装事件の衝撃がそれを上回り、思うほど広まらなかった。むしろ李桃香《りとうか》という宦官《かんがん》が事件を解決に導き、太監の長である霍白檀《かくびゃくだん》から褒賞された、という話の方が知られる始末。

黒曜は地団太を踏み、薫香にとっては動きづらくなるだけという、なんとも皮肉な結果になった。

南貴妃《なんきひ》は真相を知る、数少ない一人だ。

「いいじゃない。その姿も様になって来たし。いっそ、そのまま宦官として働いたら」

「ご冗談はお止《や》め下さい。これは望んでのことではなく、仕方なくやっていることなんですから」

今日も宦官姿で訪れた薫香の困り顔に、南貴妃は楽しそうに笑う。

「でも、被害者の人も可哀《かわい》そうよね。妹さんは、どうなっちゃうのかしら？」

南貴妃は終始一貫、被害者に同情的だ。以前、自身も貧しい家の出だと話していたから、思うところがあるのかもしれない。

「沈香《じんこう》の偽装にいち早く気付き、一人で不正を正そうとした忠義の士」

「なにそれ？」

「今回の被害者のことです。その忠義に対し、陛下からお褒めの言葉と褒美が遺族に贈られるそうです。妹さんの持参金には十分な額だそうですよ」

脅迫者と忠義の士では、評判は雲泥の差。また世の中はそういう話が大好きで、尾鰭《おひれ》に羽までついて広まっていきそうだ。

「へぇ～、陛下も粋なことをするのね」

南貴妃はいたく感心のご様子。まったく同感だ。

（きっとどこぞの偽宦官が、いろいろ手を回したのだろうけど）

すっかり見慣れてしまった不機嫌な顔が思い浮かんで、たまらず口元がにやついてしまう。

「ねえ、前に一緒に来ていた宦官。えっと、名前は何と言ったか……」

妙に静かだと思っていたら、何やら南貴妃がこちらをジッと見ていた。そして唐突にそんなことを言い出す。丁度、頭に浮かべていた者のことだけに、少々戸惑う。

「黒曜さまのことですか？」

「ああ、そうそう。薫香はあの人と、どういった関係なの？」

思いもよらない質問に、薫香の眉は八の字を描く。

「恋人？」

「違います！」

あまりの早さに、南貴妃は目を白黒させる。

「即答ね」

「当り前です。それに彼は宦官ですよ？」

見せかけではあるが。その事実は、南貴妃にも教えていない。友達になってくれた南貴妃に、秘密を持つのは嫌だし、嘘《うそ》を吐《つ》くのは心苦しい。仕方のないこととは思いつつも、南貴妃の明るさを前にすると、胸のうちがたまらなく痛む。

「あら、宦官と女官の組み合わせは珍しくないのよ。宦官だって妻帯するし。まあ、それは置いておいて。じゃあ、一体どんな関係なの？」

南貴妃の執拗《しつよう》な攻勢に、ついに薫香も腕を組んで考え込む。

「なかなか適切な言葉が見つかりませんが、あえて言うなら、被害者と加害者でしょうか？　あるいは嫁と小姑《こじゅうと》、健気《けなげ》な娘と意地悪な継母《ままはは》……」

「ありがとう、もういいわ。これ以上聞いていると、あの宦官に本気で同情してしまいそうだから」

言葉の割に、楽しそうに笑う南貴妃。

「どうして、そんなことをお訊きになるのですか？」

「話を聞く限り、なんだかいつも一緒に居るようだから、どんだけ仲いいんだよ！　って気になっただけよ。それにほら、彼、なかなかいい男じゃない？」

「まあ、見た目だけは……。性格は相当にひねくれていますよ」

「ああ、だから薫香と相性がいいのね」

「それは、どういう意味でしょうか？」

なぜそんなに黒曜のことを気にするのだろうと、訝《いぶか》しんだところで、はたと気付く。なるほど、これが噂に聞く女の嫉妬という奴《やつ》か、と。ならばお答えせねばなるまい。

「南貴妃さま、大丈夫です。私は南貴妃さま一筋。決して浮気など致しません」

薫香はあえて胸を張り、自信たっぷりに答える。

一瞬、目を点にする南貴妃。だが、すぐに意味を理解したらしく、大きく笑い声をあげた。

「はははっ、薫香があの宦官と仲良くしていることに、私が嫉妬していると思ったの？　もし嫉妬してるとしたらどっちに？　あの宦官？　それとも薫香？」

「わ、私を奪われると思って、黒曜さまに嫉妬しているのかと……」

最後の方は、消え入りそうなほどの小声になってしまった。対照的に向かいの席で、明るい笑い声が弾《はじ》けた。その大きさに、自分の勘違いの度合いを知る。自然、顔が熱くなった。

「ああもう、薫香は可愛《かわい》いわね」

目じりに浮かんだ涙を、南貴妃は拭う。そんな泣くほど笑わなくても……。薫香は唇を尖《とが》らせ、そっぽを向く。


「まったく、ひどい目に遭った」

ぶつぶつと文句を零《こぼ》しながら、薫香は独房宮《どくぼうきゅう》を目指し歩く。繰り返し浮かんで来るのは、先程の南貴妃とのやり取り。失態を晒《さら》した自分を恥じる。同時に湧いてくるのは怒りの感情。

「全部、あいつが悪いんだ！　そうだ、あいつのせいだ！」

頭に浮かぶはあの憎らしい不機嫌顔。その頬めがけて渾身《こんしん》の平手打ち！　バシッと心地よい音が響く。もちろん想像の中での話だが、気分が幾分晴れる。次々に浮かんでくる顔めがけ、片っ端から平手打ちをお見舞いしていく。

「うりゃあ！　そりゃあ！」

あまりに熱中していたため、最初その声に気付かなかった。

「もし、そこの宦官さま」

「あっ、はい！」

慌てて顔を上げると、目の前に一人の女官が立っていた。身なりの良さから察するに、四妃《よんひ》に仕える者かもしれない。

それにしても、この女官の目、死んだ魚のそれだ。

「な、何か御用ですか？」

「用などありませんが、先程からおひとりで騒いでおられるので。お見かけしない顔ですね？」

袖で口元を隠し、探るような視線を向けてくる。明らかに不審者を見るそれだ。

（あ、怪しまれてる⁉）

己の所業を振り返って、冷や汗が噴き出す。咄嗟《とっさ》に、いま自分が宦官に扮《ふん》していること

を思い出す。

「わ、私は廣黒曜《こう》さま付きの宦官で、李桃香と申します。主《あるじ》の命で南貴妃さまの宮へ使い

をした帰り。先を急ぎますので、これにて失礼」

本当に失礼だな、と思いながら、全力でその場を離れる。背中に刺さる視線が痛い。

（あいつだ！　全部、あいつが悪いんだ――！）

声なき怨嗟《えんさ》の叫びが、薫香の胸のうちに響いた。

「一体どこへ行っていたんだ」

独房宮に帰るなり、不機嫌顔が横柄な態度で出迎える。今日もお忍びで来ているからか、

いつものように一人だ。

「出たな、小姑！」

思わず叫ぶ。勢いで平手打ちを喰《く》らわそうとして、何とか堪《こら》えた。自らの自制心を褒めるべきか、恨むべきか。

「誰が、小姑だ！」

むっと顔をしかめる黒曜。どうやらご機嫌斜めのご様子。

だが不機嫌さなら、こちらだって負けていない。

「あなたのせいで、こっちは大変な目に遭ったんですよ！」

長身の黒曜を下から睨《にら》みつけながら、言い返してやる。

「そんなこと俺が知るか！　それより一大事だ。こちらこそ大変なことになったんだぞ」

「それこそ私の知ったことではありません！」

売り言葉に買い言葉の応酬。黒曜を押し退《の》け、奥の部屋目掛けて走る。が、脇をすり抜けようとした瞬間、右の手首をがっちりと摑《つか》まれた。

「薫香に関係することなんだ」

雷に打たれたような衝撃が走り、反射的にその手を振り払った。摑まれた右手が熱い。

咄嗟に左手で押さえながら、黒曜を見れば、きまり悪げに顔を背けている。振り払われた手が、所在なく宙に浮いていた。

その姿を目にして、ほっと心が落ち着く。

「どうしたんです？　何か大変なことになったんですか？」

落ち着いた声で聞き返すと、黒曜はばつが悪そうな顔で話し出す。

「実はな、陛下がお越しになられる」

皇帝が後宮に来る。

御前聞香前、陛下が順に妃《きさき》の許《もと》を訪ねているのはすでに知っている。すぐにそのことだと気付いた。

「なんだ、そんなこと……」

言いかけて、はて、と首を傾《かし》げた。確か先日、最後の東蕙妃《とうけいひ》へのお目見えも無事すんだと聞いた気がする。

では、一体誰のところへ？

「薫香、お前だよ！　陛下がここへ、お前に会いに来られるのだ」

察しの悪さに苛立《いらだ》ったのか、黒曜が捲《まく》し立てる。

衝撃はゆっくりと全身を駆け巡り、理解が追い付くと同時に頭の中で爆《は》ぜた。

「い、いつです？」

訊《たず》ねる声が震える。

「それが、今宵《こよい》だ」

「はい？」

偶然か、それとも運命なのか。今宵は新月。見上げる空に月の姿はない。

月明かりさえない暗い夜。闇の中に揺らめく明かりがひとつ、ふわふわと揺れながら、こちらに向かってくる。

薫香はその様子を窓から眺めながら、何度目かのため息を吐く。自ずと思い出されるのは、昼間の黒曜とのやりとり。

「陛下おひとりで来られるのですか？」

「正確にはおひとりではない。案内の宦官《かんがん》を一人伴われる」

薫香の間違いを、黒曜が冷静に正す。

いや、それにしてもである。仮にもこの国の頂に立つ者が、まともな護衛もつけずに出歩くなど、たとえ後宮の中とはいえありえない。

「なぜ、そんなお忍びのような真似《まね》を」

実際、南貴妃の許を訪れた時は、大勢の宦官や護衛を引き連れていたという。

「今回は特別だ。なにしろ皇后候補とはいえ、相手は贖罪妃。『英雄殺し』の一族に会うなど、もっての外。危険極まりない、と周囲が強く反対したんだ」

そのもっての外な本人だが、さもありなん、と薫香でも頷《うなず》く。

「そこで、周りの目を忍んで、こっそりおいでになる運びとなった」

「なぜそうなる!!」

お忍びのような、ではなく、本当にお忍びだった。

「白檀さまも困惑しておられた。普段は我を通すお方ではないそうなのだが、今回はいつになく頑《かたく》なで。折れざるを得なかったらしい」

眉間に出来た皺《しわ》が、黒曜の戸惑いの深さを示すようだ。

「どうして、陛下はそこまでなさるのでしょう?」

もはや驚きを通り越して、呆《あき》れてしまう。凡庸との噂《うわさ》だったが、なるほど賢いとは言えなそうだ。

「それが、どうも薫香に強い興味をお持ちのようなのだ」

「私に!?」

意外な言葉に、自分で自分を指さす。

「『香妃《こうひ》』を自称していることもだが、より興味を示されたのは、沈香《じんこう》偽装事件を耳にされてからだ。薫香が神託をもたらしたことに、特段気を引かれたご様子だとか」

「神託って。陛下は私が事件解決に係わったこと、ご存じなのですか?」

「当然だ。後宮での出来事は、どんな些細《ささい》なことでも、太監長の白檀さまが都度ご報告される。お前の神託が事件を解決したことも、ちゃんと陛下の耳に入っている」

（どんな些細なことでも、って。そんなことしていいのかしら？　それとも皇帝というのは暇なの？）

　割と本気で心配になる薫香。いずれにしても……、

「黒曜さまの目論見《もくろみ》通りに、事は進んだということですね」

　黒曜の得意げな顔を見るのは癪《しゃく》に障るが、認めざるを得ない。

「まあ、そうだな。もっとも四妃を飛び越して、皇帝陛下が動くとは、さすがに予想外だったがな」

　薫香の予想に反して、黒曜の顔は渋い。どうやら彼にとっても、事は思い通りに運んでいないらしい。

「予想外ではありましたが、念願の皇帝陛下にお会いできるのです。素直に喜ぶことにしましょう」

　まさかこんなにあっさり、拝謁の機会を得られるとは。この機会を得るために、薫香は、いや歴代の贖罪妃は膨大な時間を費やしてきただけに気持ちは複雑だ。とはいえ、待ち望んだ機会。無駄にはしない。

「とにかく全力でお迎えいたしましょう」

「くれぐれも、粗相のないようにな。そしてボロを出すなよ。『香妃』でないことが露見

したら終わりだ。それから、まだ一族のことは言うな」

「どうしてですか？　ようやく得られた機会なんですよ」

「気持ちは分かる。だが、いま願い出ても、赦《ゆる》される可能性は低い。なにしろお前は、まだ贖罪妃として軽んじられる身。正式に皇后になってから願い出たほうがいい」

贖罪妃が願い出るのと、皇后が願い出るのでは、同じ願いでも重みが違うということか。

不満ではあるが、納得はいく。薫香はしぶしぶ頷いた。


もう一度ため息が出た。

昼間の回想から目覚めてみれば、闇に灯《とも》る明かりはすぐ近くまで来ていた。足早に部屋を横切り、出迎えのため外へ出る。外は少しだけ寒かった。

灯《ともしび》が、開け放った門をくぐる。それを確認し、薫香はその場に跪《ひざまず》く。頭《こうべ》を垂れ、暗い地面を見つめた。

不意に頭上から光が降りそそぎ、大地に影を縫う。その先に、龍の刺繍《ししゅう》が施された履《くつ》が見えた。

最初に感じたのは、やはり『香』のにおい。

眩暈《めまい》がするほど重厚なのに、柳のような爽やかさと蜜の甘さが残る。不思議な『香』だ。

威厳と優しさ、その両方を感じさせる。いままで嗅いだどのにおいより、気高さに溢《あふ》れていた。

（ああ、これが『龍香』）

黄塵国《こうじんこく》の皇室に伝わり、皇帝のみが身に纏《まと》う『香』。玉体の傍《そば》近くに寄れる者しか味わえない、至高の香り。書簡に焚《た》き染《し》められたものとは明らかに、鮮やかさと濃度が違う。

薫香は打ち震えた。

「贖罪妃こと、李《り》薫香ですね？」

威厳を示すような重々しい声が、薫香の名を呼ぶ。

だが、気付かない。場の状況も、立場も忘れて、薫香は夢中でくんくんしていた。

「李薫香？」

二度目の呼びかけもやり過ごす。

「これ、返事をしないか！」

小声ながら、鋭い叱責が横から割り込む。はっ、と声の主を見れば、同じように跪く宦官姿の者。

黒曜、ではない。見たこともない、初老の宦官。案内役の宦官が、黒曜でないことは聞かされていた。それでも、どこかで黒曜に違いないと思っていたのか、落胆している自分に驚く。

同時に、状況を思い出す。

「し、失礼しました。つい、『龍香』を嗅ぐのに必死になってしまって。李薫香にございます、陛下」

正面に向かって、慌てて頭を下げた。自分でも要らないことを口走った自覚はある。だから、思いがけず響いた笑い声に、肝を潰す。

「いい香りですものね。どうぞ、顔を上げ、お立ち下さい」

笑いが止《や》むと、先程とは打って変わって、優し気な声が聞こえた。言われるままに顔を上げ、息を呑《の》む。

「さあ、立ち話もなんですし、中に入れて頂けませんか？」

そう微笑《ほほえ》む顔は、輝くように美しかった。

いつも静かな独房宮だが、今夜は一段と静かだ。

正式には官吏であり、番人である銀葉は、今宵その任を解かれている。宮に近づくことさえ、許されなかった。これ以上ない、心細さだ。

静けさは、不安を煽《あお》る。

「あらためて、先程は失礼致しました。李薫香と申します。お見知りおきを」

滅多に緊張などしないと自負する薫香だが、今宵は勝手が違う。なにしろ目の前にいるのは、この国の支配者にして、唯一、天に認められし存在。そして長年、求めてきた人物。

自然と胸は早鐘を打つ。

「お気になさらず。むしろ『龍香』を気に入ってもらい、私も嬉《うれ》しい限りです」

それに比べ、卓の向こう側に座る男は落ち着いたもの。

「気に入るなど、私のような者がおこがましいことです」

「いやいや、随分と鼻がよいとか。さすが、『香妃』の生まれ変わりと呼ばれるだけのことはある」

一瞬、その目が輝いたように思えた。

あらためて、向かいに座る男を見た。美しい顔をしている。色白で、目鼻立ちは整い、おまけに髪までもが輝いていた。容姿に関しては非の打ちどころがない。

だが、とも思う。逆にそれ以外、目に付くところがない。覇気や威厳といった統治者に求められる資質は感じられない。国を背負っていく者と考えれば、その美しい容姿も頼りなく映る。

（これは苦労しそうね。この国も、この人自身も）

一通りの挨拶がすむと、帝《みかど》の方から口を開いた。

「ここに閉じ込められて、何年になるのです？」

「十歳のころから、十三年になります」

「そうですか、それはさぞやお淋《さび》しかったことでしょう」

帝がしみじみと頷くのを見て、薫香は心の中で嘲笑する。

（お淋しい、ときたか）

「お前に何が分かる、そう思っておられるでしょうね」

ドキッとした。あまりにずばりと心根を言い当てられたから。

「いえ、決してそのようなことは……」

取り繕うための言葉を、帝は手を上げて遮る。

「よいのです。そう思われるのは当然。ですが、皇帝というのは、とかく孤独なのです。取り巻く者は多くとも、心許せる者はなし。力強ければ疎まれ、力無ければ詰《なじ》られる。誰に命を狙われるか分からず、心休まる日もありません。あなたは周りに人がいなくて孤独だったでしょうが、私は周りを人に囲まれているから孤独なのです」

はっとした。卓子《テーブル》の上には、白磁の碗《わん》が二つ。先程、薫香が急須で淹《い》れ、帝に差し出したお茶。

「お毒見を」

自分の碗を取り、口を付ける。その様子に帝はにっこりと微笑み、自らも碗を取り、口へと運んだ。

「心中お察し致します。お前に何が分かる、と思われるかもしれませんが」

先程の言葉を真似ると、帝は声を殺して笑った。

「いやいや、そうは思いません。あなたには私の孤独が分かるはずです。私がこの国でただ一人の存在であるように、あなたもまたこの国でただ一人の存在。私とあなたは似ている」

皇帝と贖罪妃。確かにこの国で一人しかいない存在。もっとも、前者は代わりたがる者も多い一方、後者は皆無という違いはあるが。

思わぬ方向に転がっていく話に戸惑う。同時に薫香の胸に湧き上がる想《おも》いがある。

（このお方なら……）

黒曜には止められたし、自分でも理解はしている。だが、一度沸騰した想いを抑えることは出来なかった。十数年越しの、いや百五十年越しの想いだ。

「陛下にお願いがあります。私の心中をお察し頂けるなら、どうか、我が一族の悲願をお聞き届け下さい」

声は震えた。

この言葉を伝えるために長い年月を費やしたというのに、口にした途端、それが現実だとは思えない自分がいた。

「一族の悲願。それは『英雄殺し』の罪を赦免せよと？」

「はい。確かに我が祖先が犯した罪は重大なれど、この百五十年、数多《あまた》の贖罪妃がその罪を償ってきました。一族の者も、充分に咎《とが》は受けました。もう許されていい筈《はず》です。そして、それが出来るのは陛下だけなのです」

この陛下なら分かってくれる。薫香には確信があった。

だが、無情にも、帝の首は横に振られた。

「申し訳ありませんが――」

「なぜですか！」

立場も弁《わきま》えず、声を上げていた。皇帝の言葉を遮るなど、許されることではないのに。

そんなことすら、いまの薫香には思い至らない。

「私個人としては、赦免してあげたい。許されるべきだと思っています。ですが、私にはその力がない」

「力がないとは？」

帝は弱々しく首を振る。

「そのままの意味です。皇帝とは名ばかり。実質的な権限は、四王家《よんおうけ》の息が掛かった周りの大臣たちが握っています。私がこうしたい、ああしたいと言ったところで、彼らに利がなければ実現はしません」

「そんな……」

目の前が真っ暗になる。最後の望みが、絶たれた。

「ですが、諦めてはいけません。まだ手はあります」

項垂《うなだ》れる薫香に、帝は優しく声を掛ける。

「手とは？」

「あなたが『香妃』であることを証明すればよいのです。皇帝は天の代理として、この地を治める者。しかし『香妃』は、皇帝に代わり、天の声を直《じか》に聞ける唯一の存在。『香妃』が天より許しを得たと言えば、誰もがそれに従うでしょう」

確かにそうかもしれない。この国で『香妃』は、皇帝以上の存在。その言葉は天の声そのもの。皇帝には無理なことでも、『香妃』にはそれが実現できる。

だがその為《ため》には、御前聞香で『香妃』であることを認めさせねばならない。結局、そこに行きつく。

「瓢箪《ひょうたん》から駒。いや、嘘《うそ》から出たまことですね」

「えっ？」

訝《いぶか》しむ帝を横目に、薫香は苦笑いを禁じ得ない。

黒曜に策略で名乗らされた『香妃』だったが、ここへきてそれが功を奏したことになる。まさか最後の望みになろうとは。運命の巡り合わせに、薫香は笑った。

その様子に帝はきょとんとしていたが、やがて何を思ったのか急に笑みを見せる。その顔には年相応の幼さが覗《のぞ》く。

「どうかされたのですか？」

「いえ、もしあなたが『香妃』と証明されれば、あなたが皇后、つまり私の正妻になるのだなと思いまして」

「残念ですか？　このような冴《さ》えない、しかも先祖が大罪を犯した女が皇后だと」

「いえいえ、そのようなことは。あなたは充分に美しい。むしろ贖罪妃が皇后だと、いろいろと楽しくなりそうですね」

美しいなどと、生まれて初めて言われた。どう反応していいかさえ分からない。それにしても、楽しくなる、とは誉《ほ》め言葉なのだろうか？　判断に迷う。

「もし皇后になったとしたら、何かなさりたいことはありますか？　もちろん一族の件が解決した後での話ですが」

いかがです？　と帝に促される。

「急には出てこないですね。そもそも自分が皇后になるなんて、考えたこともなかったです」

なにしろ贖罪妃だ。その立場から抜け出すなど、夢でさえ考えたこともない。

「何でも構いませんよ。金銀財宝で着飾ることでも、酒池肉林の宴《うたげ》を開くことでも、国宝の『香』を嗅ぐことでも構いません」

最後の提案は大変魅力的だが、その前に皇后をしている自分の姿が描けない。

「考えておきます」

結局、答えを濁す。

「ええ、ぜひお願いします。そして今度お会いする時に、その答えをお聞かせ下さい。楽しみにしています」

帝は怒るでもなく、穏やかに微笑む。厄介な宿題を出されてしまった。

困ったと、息を吐《つ》く薫香。それを楽しそうに見ながら、帝は一人呟《つぶや》く。

「私とあなたは、似ている。だから、あなたには期待していますよ。見事、私の期待に応えて下さい」

その後は、他愛無い雑談をして過ごした。

帰り際、差し出された右手を、反射的に握ってしまった。気付いて慌てたが、帝は変わらない笑顔で握り返してくる。その思いがけない力強さに驚く。

「あなたが本当の『香妃』であることを、心から願っています」

そう言い残し、皇帝は来た時と同じように、闇に輝く明かりに導かれ戻っていった。

「はあ〜〜〜、ようやく終わった」

長いため息のあと、薫香は天に向かって両腕を突き上げ、大きく体を伸ばした。

「あああっ、疲れた」

「お疲れ。で、どうだった？　念願だった皇帝への謁見は？」

「世の中、そんなに上手《うま》くはいかないものですね、って感じです」

「そうか。上手くいかなかったか。その割に、落ち込んでいるように見えないが？」

　薫香は肩を竦《すく》めてみせる。

「この程度のことで落ち込んでいたら、贖罪妃なんてやっていられません。結局、全力で『香妃』を目指すしか、手はないみたいです」

「結構。鼻が利くのとしぶといのだけが、薫香の取り柄だからな」

「それって、褒めてます？　まあ、いいですけど。それより……」

　じろりと、いつの間にか横に立つ、長身の人影を睨《にら》む。

「なんで、ここにあなたがいるんです？　しかもさり気なく話しかけてくるし」

「夜警だ。当直なんだ」

　薫香の睨みなどなんのその、したり顔で、さらりと答える黒曜。

「それはそれは、仕事熱心なことで。では、無駄話なんてしていないで、さっさと見回りに戻って下さい」

「そうはいかん。先程、この辺りで怪しい人影を目にした。役目を解かれ、今夜はここに近づくなと言われたにもかかわらず、その禁を破る不心得者を野放しには出来ん」

「銀葉に殴られますよ」

　やれやれ、と頭を掻《か》く。

「まったく。あなたはそんなにも、私から離れたくないのですか？」

「随分と自意識過剰だな。それほど自分の美貌に自信があるのか？」

「あら、皇帝陛下は褒めて下さいましたよ。あなたは充分に美しい、と」

あからさまに、むっとしたのが伝わってくる。いままでの余裕ある態度から一転、その声にも不機嫌が宿る。

「社交辞令だ」

「分かっています。それに私、誉め言葉は信じない質《たち》なので」

「それはそれで、困るのだがな」

厄介な性格だ、と黒曜はため息を吐く。なぜ、あなたがため息！

会話はそこで途切れた。

しばらくの沈黙の後、黒曜が思い出したかのように、ぽつりと零《こぼ》す。

「陛下、どんな方だった？」

「あれ、会ったことないんですか？」

「残念ながら、まだ拝謁出来るほどの身分ではない。それに、薫香の感想が聞いてみたい」

どうして私なのだろう、と思いながら、先程まで会っていた男について考えてみる。不思議と、その印象はぼやけた。なんと言うか、摑《つか》みどころがない。

「お優しそうな方でしたよ。私なんかにも、気を使って下さいましたし。ただ、頼り甲斐《がい》は無さそうでしたが」

なんとか、それだけ口にした。それ以上は、考えても出てこない。

「あまり油断するなよ。血とは、争えないものだからな」

黒曜は呟く。まるで苦い物を吐き捨てるかのように。

「えっ、どういうことです？」

訊《き》き返すが、黒曜は答えない。覗き込んでみれば、その目は遠くを見ている。遥《はる》か遠くを見ながら、何かを考えていた。そっとして置こうと思った矢先、脳裏に蘇《よみがえ》るものがあった。

「そういえば、陛下の右手首に痣《あざ》がありました。ちょうど、あなたと同じような痣が」

カッと見開かれた目が、薫香を捉える。その迫力に、たまらず後退《あとずさ》った。いつ襲い掛かられてもおかしくない、そんな空気を感じたから。

だが黒曜は、そんなことはしなかった。

「そんなつまらないことは、早く忘れてしまえ」

そのまま闇の中へと消えてしまった。おやすみ、も言わないで。

「……なによ」

後宮の夜は、静かに更けていった。

「そう、陛下に拝謁出来たのね」

数日後、薫香は南紅宮《なんこうきゅう》にいた。もはや定例のようになったお茶会。今日も薫香は宦官《かんがん》姿。すっかり板についてしまった。

話題は昨夜の一件。

「南貴妃さまは、陛下のことをどう思われました？」

「優しそうな方だと、私も思ったわ。顔も綺麗《きれい》だし、年齢の割に凄《すご》く落ち着いているし、頭も良さそう。でも、そのせいで頼りなくも見えた。まあ、私の好みではないかな」

容赦のない南貴妃の評価に、薫香は苦笑する。

「そうですね。四妃の誰が皇后になるにせよ、皇帝陛下は尻に敷かれることになるでしょうね」

彼女たちの個性の前では、あの影の薄い皇帝など霞《かす》んでしまうだろう。可哀《かわい》そうに。

「四妃の誰が、なんて他人事《ひとごと》みたいに言うのね。自分だって皇后候補者の一人じゃない。しかも、一番切迫してなきゃいけない身の上なのよ？」

そうだった。何かと忙しかったため、つい忘れがちになる。

「薫香との顔合わせが終わったとなると、いよいよ御前聞香ね」

化け猫騒動や沈香《じんこう》偽装事件があったので、御前聞香は日程が決まらないまま延び延びになっていた。だがそれも落ち着き、皇帝と妃《きさき》との顔合わせもすべてすんだ。ようやく準備完了といったところか。

近いうちに日程が発表されるだろう。

御前聞香は、四妃の中から皇后を選ぶ、黄塵国の伝統儀式。

『香妃』の判定も、御前聞香の場で行われる。これに失敗すれば、薫香には厳罰が待っている。

「どう、少しは緊張してきた？」

「ええ、それなりに」

下を向いて、ため息を吐く。

「ねぇ、薫香」

「はい？」

顔を上げると、南貴妃と目が合う。いつもの快活な彼女は、そこにはいない。何かに迷っているような、困っているような顔。少しだけ苦しそうに見えた。

「どうかされましたか？」

「あのね、薫香」

そう切り出した後も、南貴妃は何度も言い淀《よど》んだ。やがて意を決したのか、ゆっくりと話し出す。

「大丈夫だから、御前聞香。薫香を厳罰になんかさせないから。私が皇后になったら、真っ先に皇帝に直訴して厳罰を止《や》めさせる。だから、心配しないで」

薫香は我が耳を疑う。

まるで薫香の失敗と、自分が皇后になることが決まっているかのような口ぶりだ。思うに南貴妃という女性は、過度に楽観的な所がある。だが、いまの発言はその性格からくるものとは、明らかに違う。思いつめた表情が、それを物語る。

「南貴妃さまのお言葉は、涙が出るほど嬉《うれ》しいです。そうなったら、どれほど素晴らしいでしょう。ですが、他の妃たちも、それなりの『香』を用意してきます。なにより、優劣を決める陛下にかかるところが大きい。どうなるかは、蓋を開けるまで分かりません。私も諦めてませんよ」

最後は大袈裟《おおげさ》におどけてみせる。実際、御前聞香など、運によるところが多い。

「そうね。そうなんだけど……」

南貴妃の表情は晴れない。むしろその視線に、薫香に対する同情のようなものまで感じてしまう。

一体、その自信はどこから来るものなのか。質の悪い占い師や胡散臭《うさんくさ》い道士、その類に吹き込まれたものではないかと心配になる。

ひょっとしたら南王家から、何か言われたのかもしれない。彼女の立場上、薫香に言えないこともあるはずだ。

気にはなるが、これ以上彼女を困らせることを、薫香は望まない。

「では、南貴妃さまは皇后になられたら、何をなさりたいですか？　先日、陛下に訊かれたんです。南貴妃さまなら、何と答えます？」

努めて明るい声を出す。

一瞬、目を丸くした南貴妃だが、すぐに頷《うなず》く。

「私も訊かれたわ。私は、故郷に行きたいと答えたの」

「里帰りですね」

南貴妃らしいと思う。

「そう、里帰り。その時は、薫香も一緒に来てね」

「私もですか？」

「ええ、そうよ。時期は少し涼しくなった頃の秋がいい。一面に広がる麦畑が、実りを迎える季節。黄金に輝く麦の穂が、風に波打つ景色を見せたいの。あとは、私の生まれた家や、遠里《えんり》が棲《す》んでいた森も。一緒に来てくれるでしょ？」

話すうちに、南貴妃は表情に明るさを取り戻す。そして無垢《むく》な瞳が、薫香を見つめる。

薫香には兄弟姉妹がいない。だから想像することしかできないが、きっと妹がいたら、こんな気持ちになるのかなと思う。

「ええ、もちろん。喜んでご一緒させて頂きます」

これ以上、無意味な邪推はよそう。目の前で輝く、妹のような存在を、薫香はただただ愛《いと》しく思った。

南貴妃の宮を辞した時には、日が西に傾きかけていた。

思いのほか、長い時間を費やしてしまった。直に夜がくる。

（口うるさい小姑《こじゅうと》が、宮に来ていないといいけど）

不機嫌そうな黒曜の顔を思い出し、口元が綻ぶ。自然と足は速くなった。

「もし、そこの方」

不意に声を掛けられ、薫香の足が止まる。声の主を探せば、黒の官服を纏《まと》ったやや年増の女官。そのにおいに覚えがある。いつぞやも、声を掛けてきた女官だ。そういえば、あの時も南貴妃の宮からの帰りだった。

「はい、何でしょう」

そう答えながら、内心では少し腰が引けていた。確か前回は、不審者と間違われて——間違われるような行動を取ってはいたが——怪しまれた。出来れば、二度と顔を合わせたくなかった。

「あら、あなたこの前の宦官ね。ちょうど良かったわ。連れの者が動けなくなってしまったの。宮まで運ぶのを、手伝って下さる？」

聞けば、主《あるじ》に頼まれた用事の帰り、急に連れが苦しみだしたという。そのまま蹲《うずくま》り、動けなくなってしまった。その者を残し、急ぎ助けを求めに来たとか。

「それは大変。誰か力の強い者を呼んできましょうか？」

何しろ薫香は小柄だ。力も強いわけではない。動けない者を運ぶのに、女官と二人では心もとない。幸い、独房宮は近い。銀葉を呼んでくれば、たとえ熊の如《ごと》き巨体でも運んでくれる。

だが、女官は大袈裟《おおげさ》に首を振る。

「いえいえ、あなたさえいれば充分よ。さあさあ、急ぎましょう」

言うが早いか、そそくさと歩き出す。慌てて薫香もその後を追う。

女官は後ろを振り向きもせず、ずんずんと進んでいく。それにしてもこの女官、とにかく足が速い。薫香は置いて行かれないよう、付いていくのがやっと。

気付けば、息が切れていた。おまけに、辺りは随分とうら淋《さび》しい。いつの間にこんなところまで来たのだろう。

「あの、一体どこまで行くんですか？　随分と歩きましたけど……」

前を行く背に声を掛けると、女官はようやく足を止めた。ほっ、としながら、薫香も歩みを止める。だが、どれだけ周りを見渡しても、それらしき人は見当たらない。

「運ばなくてはいけない方は、どこですか？」

するとと女官の指が、すーっと持ち上がり、薫香を指す。

「運ばれるのは、あなたよ」

「えっ？」

問い返すより先に、後頭部に衝撃が走る。一瞬の明滅。そして世界が暗転する。

その闇の中で、薫香は意識を手放した。

意識を取り戻した薫香が、最初に感じたのは鋭い痛み。

後頭部がズキズキ痛む。咄嗟《とっさ》に触れようとするが、腕が上がらない。それどころか体が思うように動かない。何度やってもダメ。目を開けているのに、何も見えない。闇だけが広がる。助けて、と叫ぼうとしても、声が出ない。出るのはかすれたうめき声だけ。

（わ、私、一体……）

恐怖に襲われ、取り乱しそうになる。

その時、何かが鼻に触れた。知っているにおい。

（これは、土のにおい）

それは何の変哲もない、土のにおい。それを嗅ぎ取ったに過ぎない。

（それでも鼻は生きている）

その事実が、急速に薫香を落ち着かせる。大きく息を吸い、ゆっくりと吐く。それを三度繰り返した。土のにおいは微《かす》か。恐らくここは室内で、誰かが土足で上がった時、靴についた泥が落ちたのだろう。

自分の状態についても、のみ込めてきた。体が自由に動かないのは、手足を縛られているから。目が見えず、声が出せないのも、目隠しや猿ぐつわのせい。そして後頭部の痛みは、後ろから殴られたから。

（どうやら、気絶させられている間に、どこかへ監禁されたみたいね）

体をよじって動いてみる。動けた。芋虫よろしく、這《は》うようにして進める。どこかに縛り付けられているわけではなさそうだ。手足を拘束され、床に転がされているだけ。加えて、猿ぐつわは締めが甘く、どうにかすれば外せそうなことも分かった。

自分の状況は確認できた。次はこの場所だ。

（さて、ここはどこだろう？）

頼りになるのは嗅覚。より多くの情報を得るため、神経を鼻に集中させる。

途端に流れ込んでくるにおいの濁流。それを一つ一つより分け、自分の記憶にあるにおいと照合。知っているにおいを探す。

（あれっ、もしかしてここは……）

一つの可能性を見つけた時、まったく別のにおいが割り込んできた。人のにおい。こちらに近づいてくる。

素早く数を数える。

（一、二……三人？）

しかも、においに覚えがある。一人はあの女官。もう一人は、おそらく薫香をここまで運んだ人物。薫香の衣服にも、この場にも、そのにおいが残っているので間違いないだろう。

そして残る一人は、薫香がよく知る人物。急に動悸《どうき》が速まる。

においに遅れて、足音が聞こえてきた。

（やはり、ここに向かってきている）

やがて足音がやみ、扉が開く音。薫香は目を閉じ、息を殺し、気絶しているふりをする。

すぐ隣で、ドサッと大きな音が響く。一瞬、身が硬くなる。何か大きな物が、すぐ近くに投げ込まれたらしい。

扉の方では、何やら話し声がする。だが、並みの耳しか持たない薫香に、その内容は聞き取れない。しばらくすると、今度は扉の閉まる音。そして、足音とにおいが遠ざかっていく。

離れていくにおいは、二人分。

充分離れたことを確認すると、薫香は行動を開始する。

「ふが、ふが、ふご」

口を何度も開け閉めし、猿ぐつわを外しにかかる。それでは足りなくて、顔面を床に擦《こす》り付けたりもした。何度も繰り返すうちに、頬や額が擦《す》り剝《む》け、そのたび痛みが走る。その甲斐《かい》あって、猿ぐつわが外れた。

一度空気を目一杯吸ってから、隣に向かって声を掛ける。

「もしもし、起きていますか？　ねぇ、起きて下さい。起きて下さいってば！　起きろ、黒曜!!」

「うっ、ううう……」

聞こえてきたうめき声に、薫香は胸を撫《な》で下ろす。最悪の事態も考えていたので、ひとまず安心した。思っていた以上の安堵《あんど》感に、むしろ戸惑う。

「いててっ、ここは？」

「黒曜さま、慌てず、落ち着いて下さい。私の声、聞こえていますね？」

「その声は、薫香か？」

「そうです。良かった、黒曜さまは喋《しゃべ》れるのですね。ではまず、ご自身がどのような状態か教えて下さい。ちなみに私は目隠しをされた上、手足を縛られ、床に転がされています」

しばらく隣で、身じろぎする音が続く。

「どうやら、俺も同じような状況だな。手足を縛られ、目隠しをされている。それから、後頭部がひどく痛む」

「なるほど、分かりました。いま、私たちは何者かに拘束、監禁されているようなのです」

「拘束、監禁……。そうか、思い出した。なかなか帰ってこないお前を捜しに、南紅宮へ向かう途中、見知らぬ女官に声を掛けられたんだ。連れが動けなくなったから助けて欲しい、と。ついて行った先で、いきなり後ろから殴られて……」

どうやら、手口まで一緒だったらしい。なんだか、とても悔しい。

「そんな単純な手口に引っかからないで下さい。なんのために、いつも威張っているんですか！　こういう時、颯爽《さっそう》と助けに来るためではないのですか？　黒曜さまのにおいがした時は、期待したんですからね」

「知らん、そんなこと！　そう言うお前は、どうして捕まった――」

「とにかく！　いまはここから脱出する方法を考えましょう」

幸い、二人とも手足は縛られているが、手先は動く。身をよじって自分の目隠しを相手の手に触れさせ、これを外す。同様にして、黒曜の目隠しも外した。次に手首を縛る縄、その結び目を探った。まずは黒曜が、薫香の縄を解きにかかる。

「くっ、固く結びやがって」

「頑張って下さい。ところであの女官たち、一体何者なのでしょう？　私たちを拘束して、何が目的なのか」

「四妃の手先だろ。誰かまでは分からないがな。目的は薫香を御前聞香に参加させないため。それ以外にはあり得ない」

確信に満ちた声で、黒曜は断言する。

あなたが望んだ通りの展開ですね、という皮肉は、すんでのところでのみ込んだ。

（普通に考えれば、黒曜さまの言う通り。だけど……）

同時に黒曜の見解には、納得できないところがある。

「何かおかしくないですか？　いまの私は贖罪妃の李薫香ではありません。黒曜さま付きの宦官《かんがん》、李桃香ですよ。御前聞香とは無関係な存在。仮に正体がばれていたとしても、黒曜さままでが狙われた理由が分かりません」

たまたま一緒に居たなら、巻き込まれた可能性もある。だが、二人は別々に襲われた。あきらかに黒曜も標的にされている。黒曜を襲っても、御前聞香に影響はないはず。

では、なぜ？

考えても、謎だけが膨らんでいく。

「理由は本人たちの口から、直接聞こうぜ。ここを脱出したら、即座に捕まえてやる。その後で、ゆっくり吐かせればいい。この仕打ちのお礼ともどもな」

薫香は少しだけ、犯人に同情を覚えた。

「あとは、ここがどこなのかだ。後宮の中には間違いないが、場所によっては、助けは期待できない。いずれにしても人目につかない場所のはず。そう考えると、四妃の宮のどこか、あるいは使われていない倉庫や建屋か」

黒曜は辺りを見渡すが、すでに日は落ち、明かりのない室内は暗い。夜目の利く銀葉でもなければ、部屋の詳細を見通すことは難しそうだ。おまけに黒曜は鼻が利かない。

「あの、ここは――」

言いかけた薫香の口が、ぴたりと止まる。全身の毛穴から、一斉に汗が噴き出す。頭の中で、警鐘が高らかに打ち鳴らされた。

「薫香？」

異変に気付いたのか、黒曜が声を掛けてくる。

「どうやら、相手はかなりせっかちな方のようですよ。のんびり監禁を楽しんでる場合ではなくなりました」

「どういうことだ？」

「油です。大量の油のにおいが、急速に広がっています。おそらく、この周囲に撒《ま》いているのでしょう」

大量の油。その意味するところは、ひとつしかない。

さすがの黒曜も驚きを隠せない。

「くっ、後宮で放火だと。正気か？」

「正気な人間なら、そもそも人を攫《さら》ったりしませんよ。それだけ相手も必死ということでしょう。それより早く縄を！」

薄い煙と焦げくさいにおいが、少しずつ部屋に入ってくる。においが強まり、煙が濃くなるたび、焦りが増す。だが、焦れば焦るほど、縄はきつく手首に喰《く》い込む。

「ちっ!!」

鋭い舌打ちが響き、黒曜は身を翻す。

「薫香、俺の袖から『宝《パオ》』の壺《つぼ》を取り出せ！」

『宝』とは宦官になるために、体から切り離された己の一部。宦官を証明するものであり、肌身離さず持ち歩くと聞いた。もちろん偽宦官である黒曜のそれは、名も知らぬ他人のものであろうが。

「『宝』⁉ なんで、いまそんなものを？」

「いいから、早く!!」

癇癪《かんしゃく》でも起こしたかのような怒号に、首を竦《すく》める。

（焦りで気でも変になったのかしら？）

それでも争っている時間が惜しい。煙とにおいは、さらに濃く、強くなっている。

後ろ手に、黒曜の衣の袖を探った。文字通り手探り。それはすぐに見つかり、苦労して引きずり出す。

「こんなもの、どうするんです？」

答えるより早く、黒曜はその三合ばかりの白い壺を引っ掴《つか》む。縛られたままの足で立ち上がると、その壺を床に投げつける。思うように力が入らなかったからか、壺は割れず、床に弾《はじ》かれた。舌打ちと共に、それを繰り返す。三度目に鈍い音が響き、壺が割れた。

「一体、何を……、あっ！」

飛び出した中身、には目もくれず、黒曜が飛びついたのは白い陶器の破片。

ようやく意図を悟る。己の察しの悪さを呪いつつ、薫香も破片を掴む。出来るだけ先が鋭く、尖《とが》った物を。

「くっ」

尖った破片の先を縄に当て、力を込める。それを何度も繰り返す。すぐに額に汗が浮かぶ。思っていたより重労働だ。おまけに持ち手もない破片の角が、薫香の薄い手の皮を破り、肉に喰い込む。

それでも粘り強く続ける。続けるしかない。

「切れた！」

先に声を上げたのは黒曜。喜ぶ間も惜しみ、足の縄も解く。自由を得た黒曜は、薫香の縛《いまし》めも解いてくれた。

「まったく、大人しく待っていればいいものを。無理するから」

破片で傷ついた薫香の手を見て、黒曜は顔を顰《しか》める。

「た、助けられるのを、ただ待つだけは嫌なんです。それに今回はたまたま、あなたの方が早かっただけ。次は負けません」

「薫香らしい。さあ、急いでここを出るぞ」

謎の負けず嫌いを発動するも、軽く苦笑いされてしまった。そんな場合でないのは分かっているが、かなり恥ずかしい。

見渡す限り、この部屋の出入口は一つ。あとは納戸があるだけ。鍵が掛かっていないことを祈りながら、唯一の出口である扉を引いた。扉は、開いた。

ごおっ、という火焔《かえん》の唸《うな》り声が耳に響き、息の詰まるような熱風が吹き込む。髪が焼けるにおいと熱さに仰《の》け反《ぞ》り、後退《あとずさ》る。扉の向こうの廊下は、火の海に沈み、とても渡れそうにない。

「くそ!!」

黒曜が体当たりするようにして、扉を閉める。炎はすでにこの部屋の周りを取り囲み、いまにものみ込もうとしていた。

「閉じ込められた……」

全身から力が抜けていくようだ。立っているのも辛《つら》い。

外では何かが崩れる音が、断続的に続く。部屋の中は濃い煙に満たされ、息をするたび肺が焼け、咳《せ》き込《こ》んでしまう。

脳裏に絶望がよぎった時、

「すまんな」

「えっ？」

ぽとりと降って来た声に、薫香は顔を上げた。仰ぎ見たのは、煤《すす》で汚れた黒曜の横顔。

「俺は、いいんだ。もともとこの後宮には、死にに帰って来たようなものだからな。だが、お前が死ぬのは違うだろ！　違うんだ……」

そう言って、唇を咬《か》む。

「……」

薫香は何も言わず、黒曜の袖を引く。

二人の身長差を埋めるため、黒曜が膝をつく。今度は薫香が黒曜を見下ろす格好。いつもと違う視点が新鮮に映る。

眼下にあるその顔の、煤けた両頬に手をあてる。それから自分の顔を近づけていく。お互いの息が掛かろうかという距離。それから……、

ゴツン！

振りかぶって、渾身《こんしん》の頭突きを喰らわせた。

ぐえっ！　と蛙《かえる》が轢《ひ》きつぶされたような声を上げ、黒曜がその場に蹲《うずくま》る。両手はしっかり額を押さえていた。

「いてえ！　なんて硬い頭だ。お前の頭は凶器か！　って、いきなり何をするんだよ！」

「何をする、じゃないです！　何を勝手なことばかり言っているんですか？　最初に言ったでしょ、一蓮托生《いちれんたくしょう》だって。後悔なんてしてませんよ、私は。それに、まだ諦めません」

「馬鹿か！　この状況で一体どうしようというんだ？　逃げ道なんて、どこにもないぞ」

黒曜の言葉を無視して、壁際に移動。壁を拳で軽く叩《たた》いていく。

「何をしているんだ？」

後から付いてきた黒曜が、訝《いぶか》し気に様子をうかがっている。

「外への抜け道を探しているんです」

「はっ、そんな都合のいいもの、本当にあると思っているのか？」

呆《あき》れた顔で笑う。

「思っていますよ。抜け道だけじゃありません。外ではいままさに、雨が降ろうとしているかもしれない。あるいは銀葉が助けに飛び込んでくるかもしれない。助かる可能性は無限にある。あと十分待てば、あと一分、一秒生きていれば。何かが起こるかもしれない。私は死ぬその瞬間まで、決して諦めたりしません」

「……往生際の悪い奴《やつ》だ」

「最高の誉《ほ》め言葉です。広い世界が、私を待ってるんです。死んでなんていられませ
ん！」

第一、潔く死を受け入れられる人間に、贖罪妃なんて務まるものか。生き汚かろうが私の人生だ。誰にも文句は言わせない。

バサッと音がして、突如、視界が奪われる。慌てて闇を振り払えば、頭から紫の上着を被《かぶ》せられていた。

「それを被って、出来るだけ姿勢は低くしていろ。煙を吸わないようにな」

見上げれば、上着を脱いだ黒曜がしきりと壁を調べていた。

「どうしたんです、急に」

「気が変わった。死ぬのはやめだ。今回は薫香を見習うことにする。癪《しゃく》だけどな」

「ほうほう、素直でよろしい」

「お褒めにあずかり光栄だ。見た目通り、素直なだけが取り柄なもので」

どの口が言う、と思いながらも、薫香の心は軽かった。

だがもちろん、時の流れは二人を待ってはくれない。そして状況は刻々と悪化していく。

「ないですねえ、抜け道。後宮だったら、どこにでもありそうなのに」

息苦しさをごまかすように、薫香は唇を咬む。

涙が止めどなく零《こぼ》れる。煙が充満して目が痛い。息が苦しく、喉はひりつく。限界が近

い。

「本当に抜け道があったとしても、すぐに見つかるような所ではないはずだからな。せめて、ここが何処《どこ》の宮なのかが分かれば」

苦々し気に歪《ゆが》む黒曜の顔を、薫香は信じられない思いで見上げる。

「気付いていらっしゃらないんですか？　ここは――」

えっ、と叫ぶや、茫然《ぼうぜん》とする黒曜。だが、すぐに怒りの表情が浮かぶ。

「それは本当か？　間違いないことなんだな！　根拠は？　根拠はあるのか！」

「ええ、間違いないです。前回来た時と同じにおいがするし、何より私たちのにおいも残っていました」

「馬鹿野郎！　なんで、もっと早く言わないんだ!!」

急に怒鳴られた。

「いや、逆になんで気付かないんですか！　あなたが連れて来たんですよ！」

「くそ！」

「あっ、ちょっと」

もどかし気に薫香の体を抱え上げると、黒曜は一気に駆け出す。薫香の抗議など耳も貸さない。その先にあるのは、部屋の隅にある納戸。勢いよく開ければ、人が一人は入れるくらいの狭い収納空間。

そこで薫香を投げ下ろすと、奥行きの浅い空間の先にある壁に張り付く。

天井の崩れる音が背後に迫る。限界だ。

「こんなところに、一体何があるんです？」

「いいから、俺を信じろ！」

言うが早いか、薫香の手を摑む。握り返す間もなく、黒曜と薫香は納戸の壁に向かって突っ込んだ。


宵の口に後宮であがった火の手は、夜半には消し止められた。

焼けたのは皇太子用に使われていた小さな宮。幸い、使用されていたのは先帝が皇太子の時まで。いまは無人。宮は全焼。

のちの報告書によれば、焼け跡からは二人分の死体が発見された。


「お帰りなさいませ、薫香さま」

薫香が黒曜を伴い、独房宮に戻ったのは翌日の夜。

門の前で待っていた銀葉が迎えてくれた。いつもと変わらぬ様子で。

だが、その目は赤く充血していた。一晩の苦悩のあと。

「ただいま、銀葉」

ありったけの感謝と、謝罪の意を込めて、彼女の小さな体を抱きしめた。

中に入り一息つくと、ようやく生きている実感のようなものが湧いてきた。よく帰ってこれたものだ、と我ながら感心してしまう。

「まさか納戸の中に、抜け道への入口があるなんて。まったく思いもしませんでした」

黒曜に手を引かれ飛び込んだ納戸。奥の壁を蹴破ると、地下へと続く階段が。階段に足を踏み入れるや、背後で天井が抜け落ちる音がした。たぶん、間一髪だったのだろう。

階段を下りると、そこは下水道。暗くて狭い、おまけにひどいにおいの下水道を、最後は這《は》うようにして進んだ。禁城の外を流れる川に転がり出た時は、いろんな意味で涙が出た。

黒曜の伝手《つて》を頼り、服を着替え、太平門《たいへいもん》から通用門を通って、ようやく後宮にたどり着く。

「国にとって何より大事なのは、その存続だ。そのために皇帝陛下、そして皇太子さまの命を守ることが最優先。あらゆる用心がなされる。後宮であっても、陛下と皇太子さまが使う宮には必ず抜け道が用意されている。あそこが元皇太子用の宮だったことは、本当に幸運だった。さすが俺」

「悪運の間違いでは？　それにしても、よく抜け道の場所が分かりましたね？」

「それは、偶然だ」

「その割には、確信に満ちた足取りでしたけど」

「……」

黒曜は黙ったまま、目を逸《そ》らす。どうせ何も言わないだろうと思っていたので、特に追及はしないでおく。

「あの女官たち、結局、何者だったのでしょう？　黒曜さまのお考え通り、四妃の手先なのでしょうか？　だとすれば、私たちが生き延びたことを知ったら、また狙ってくるかもしれませんね」

「その辺は任せろ。三日のうちに黒幕含め、今回の下手人は必ず挙げてみせる」

指を三本立てて、黒曜が宣言する。

「おお、強気ですね」

「それから、焼け跡からは死体が二体発見される。死体の身元は、宦官《かんがん》の廣黒曜と李桃香。いいな？」

煤で汚れた黒曜の顔が、狡猾《こうかつ》に歪む。

「なるほど。私たちが死んだと思わせるわけですね」

「そういうことだ。だから、しばらくは大人しくしていてくれ。頼むから」

「はいはい」

頼むから、なんて言うから、体がむず痒《がゆ》くなる。だから、素直に頷《うなず》いてしまった。

勇んで出ていくかと思われた黒曜だが、背を向けたところで足を止めた。

「どうかされましたか？」

訝しみながら、振り向こうとしないその背に声を掛ける。

「今回は、お前のせいで死に切れなかった。だが、やられっぱなしで終わっていたかと思うと、それはそれで癪だ。そう考えれば、感謝してやってもいい」

それだけ言うと、黒曜は足早に帰っていった。

「要約すると、ありがとう、ということでよろしいのではないでしょうか」

いつの間にか部屋の隅に控えていた銀葉と目が合う。なるほど、彼女の解釈はおそらく正しい。だから、盛大にため息を吐《つ》く。

「あの天邪鬼《あまのじゃく》め！」

吐き捨てた言葉とは裏腹に、薫香の口元は綻んでいた。


三日と息巻いていた黒曜だったが、結論から言うと、その間に犯人を捕らえることは出来なかった。それどころではない、重大な事件が起きてしまったから。

失火騒動の二日後、南貴妃が亡くなった。

第五章　香る死体と妃の退場

四妃《よんひ》の一人、南貴妃《なんきひ》逝去の報は、後宮に激震をもたらした。

夜遅く、寝室から漏れ聞こえてくるうめき声。傍《そば》仕えの侍女がそれに気づき、寝室に飛び込むと、南貴妃は寝台の上でもがき苦しんでいたという。尋常ではない苦しみように、侍女はすぐさま助けを求め、医者を呼びに人を走らせた。医者が駆け付けた時、南貴妃は口から泡を吹き、体を痙攣《けいれん》させていた。

夜通し手は尽くされたが、甲斐《かい》なく、早朝南貴妃は息を引き取る。

宮廷から派遣された医師たちは、早々に南貴妃の死を病死と結論付けた。

慣れない後宮暮らしに、御前聞香《ごぜんもんこう》を控えた緊張の日々。そこに化け猫騒動などが重なり、蓄積した心労が心の臓に応えたのだろうと。

もちろん、その見立てを額面通り受け取る者はいない。その日の夜には、早くも後宮中に南貴妃の死が伝わり、翌朝には噂《うわさ》が広まる。

曰《いわ》く、南貴妃は何者かによって暗殺されたのだ、と。

薫香《くんこう》に南貴妃の死を知らせたのは、黒曜《こくよう》だった。

「えっ……」

『香』を焚《た》く準備をしていた薫香は、手にしていた香炉を取り落とす。派手な音を立てて転がった香炉に、しかし薫香は気づかない。

ただ、言葉を失い、その場に立ち尽くす。

最初は理解できなかった黒曜の言葉と事実が、ゆっくりと胸に染みていく。そのたび希望は枯れていき、絶望だけが広がっていった。

そこから先の記憶が、薫香にはない。

あとから聞いた話ではあるが、黒曜と銀葉《ぎんよう》の制止を振り切り、南紅宮《なんこうきゅう》へ駆け出したらしい。だが、宮に入ることさえ拒まれ、南貴妃に会うことは叶《かな》わなかった。事件の発覚後から、部外者の宮への立ち入りが禁じられていた。

それでも薫香は、閉ざされた門を叩《たた》き、南貴妃の名を叫び続ける。結局、遅れて駆け付けた黒曜たちに、引きずられるようにして独房宮《どくぼうきゅう》へ連れ戻された。

薫香が意識を手放すまで、悲痛な叫びが止《や》むことはなかったという。

「薫香。薫香、起きろ」

耳障りな声に、薫香は目を覚ます。岩のように重い頭を、苦労しながら寝台から引き剝がす。割れるように頭が痛い。吐きそうだ。

いつ自分が眠りに落ちたのか、まったく覚えがない。窓から差し込む光は朝日か、それとも夕日だろうか。

「大丈夫か？　いま水を持って来てやる」

赤く充血した目を瞬《しばた》く。ぼやけた視界に、一番見たくない顔が映る。

「どうして、あなたがここに？　誰も入れるなと、銀葉には言っておいたはずですが」

声がかすれ、ひび割れる。まるで自分のものだとは思えなかった。

「ちゃんと、入れて貰《もら》えなかったぞ。だから、忍び込んだ」

澄まし顔の黒曜がいけしゃあしゃあと答える。

ちなみに黒曜は女官姿。失火騒動で黒曜は死んだことになっているため、応急的処置なのだとか。その姿にまったく違和感がない。ないどころか、女の自分が見惚《みと》れてしまうほどだ。

「女官姿で夜這《よば》いですか？　相変わらず最低ですね」

「嬉《うれ》しいか？　ここ十数年、男が忍び込んで来ることなどなかっただろうからな」

「自惚《うぬぼ》れないで下さい。忍び込めたのは、銀葉が通してくれたからです。あの子が本気なら、あなたなんて、辿《たど》り着く前に膾《なます》になっています」

「だろうな」

あっさりと認めた。それがまた、なんだか腹立たしい。

「一体、何しに来たんです」

こちらの問いには答えず、黒曜は無遠慮に顔を近づけてくる。

不本意ながら、目を逸《そ》らす。

「ひどい顔だな」

「ほっといて下さい」

そうは言いつつも、目は自然と寝台に据え付けられた鏡の中を見る。髪はぼさぼさで、所々に火事で焼けた痕が残る。顔色は悪く、瞼《まぶた》は腫れ、目は赤い。隈《くま》は濃く、唇は紫に変色したうえひび割れていた。

確かにひどい顔だ。

「あれから五日ほど経《た》ったが、気分はどうだ？」

あれからとは、つまり南貴妃が亡くなってからということ。

「自分の中に、これほど涙があるとは思いもしませんでした」

それは涸《か》れない泉の如《ごと》く、後から後から湧いて出て来た。しかし涙をどれだけ流そうとも、胸のうちの悲しみは一向に減らない。むしろ悲しみの濃度が増していくようだ。

「わざわざ、そんなことを言いに来られたのですか？　それとも、柄にもなく慰めに来て下さったのですか？　だとしたら、無駄足ですよ。心配して頂かなくても、私は大丈夫です」

黒曜の前で、盛大な音を立てて洟《はな》をかむ。

どれだけ時間を経たとしても、悲しみが消えることはない。悲しみは乗り越えていくしかないことを、薫香は知っている。

「そうだろうな。それに関しては心配していない。訪れた悲劇を前に、大人しく泣いているだけの乙女でも、柔な人間でもないことは、俺がよく知っている」

やはり澄まし顔で答える黒曜。

「柔ではありませんが、乙女ではあります。それに大丈夫だとは言いましたが、誰も慰めるなと言っているわけではありません」

「ふふふ、面倒臭い乙女だな。そんなに慰めて欲しいのか、俺に？」

「結構です!!」

撥《は》ねつけるように拒絶する。

「よろしい。そうでなくては、来た甲斐がない。実は南貴妃の件で動きがあった」

「動き、ですか？」

「ああ。これから南貴妃の検験《けんけん》が行われる」

「検験？」

「検屍《けんし》のことだ。文字通り、死体を検分する」

一瞬、憤りで目の前が暗くなる。

「それはつまり、死体を暴くということですか？　なぜです？　なぜ死んでまで、あの子はそんな辱めを受けなければならないのですか？」

「辱めではない。死因を追究するための検屍だ。南貴妃の死を伝えたところ、南王家から強い依頼があった。どうやら彼らも毒殺を含む、他殺を疑っている。なんとか証拠を摑《つか》みたいのだろう」

「毒殺!?　馬鹿な！　ありえません。あの子はずっと宮に籠っていたのですよ？　周りにいたのは南王家の女官ばかり。毒を盛ることなど、誰が出来たというのです？」

「では薫香は、南貴妃が本当に病気で亡くなった、そう思っているのか？」

「……病死であったなら、と思っています」

残念ながら、頷くことが出来なかった。数日前まで元気だった姿を知っている。とても信じられない、というのが本音だった。

「それをはっきりさせるために検屍を行うのだ。お前も、立ち会うか？」

「あの子がさらし者にされるのを、私に見ろと言うのですか？」

怒気に薫香の声が震えた。

「南貴妃さまに会える、最後の機会かもしれないぞ」

睨《にら》みつけていた目が、その言葉に揺らぐ。同時に黒曜の真意を知る。わざわざ最後の機会を、薫香につくってくれたのだ。

「……行きます」

最後はそう呟《つぶや》かざるを得なかった。

南貴妃の検屍は、真黄宮《しんおうきゅう》の一室で行われた。

立ち会うのは宮廷の検屍官二名と、記録係が一名。南王家から派遣された立会人が一名。各妃が寄こした女官三名。皇帝への報告係という役目を負う黒曜。そして薫香という顔ぶれ。

部屋の中央には寝台が鎮座し、集まった者は自然、それを囲う形になった。寝台の上には白い布が被《かぶ》せられている。

「では、始めます」

検屍官が厳かに宣言する。それから、寝台の上の布が取り払われた。

「くっ」

薫香の口から、小さく声が漏れる。

布の下から現れたのは、南貴妃の変わり果てた姿。微《かす》かに腐臭とも、死臭ともつかないにおいが鼻に触れた。

思わず目を伏せる。

ふらついた体を支えようと、隣に立つ黒曜の袖を摑む。その手に、黒曜の手が重なった。伝わってくる熱に、涙が出そうなほどの安堵《あんど》を覚える。

「よく見てやれ。最後なんだ」

黒曜の声に励まされ、薫香は顔を上げた。

寝台に寝かされた南貴妃に、生前の面影は見られない。衣服は全て剝ぎ取られ、顔は苦《く》悶《もん》に歪《ゆが》み、目は大きく見開き、半開きの口から浅黒い舌が見える。桜色だった頰は青白く変色し、ふくよかだった体は一回り以上小さくなっていた。

それでも、そこにいるのは紛れもなく南貴妃だった。

(南貴妃さま、いえ桂花《けいか》さま、どうか安らかに)

込み上げてくる涙が、薫香の頰を伝った。

死体の観察は頭頂から始まり、体のあらゆる箇所を隈なく見ていく。ほんの些細《ささい》な傷も見落とさないように。足の先まで見終わると、死体を腹ばいにして背中側。

再び仰向けに戻した死体に、今度は薬のようなものを塗っていく。塗り終わると酒と酢を振りかけ、薦《こも》を被せた。その上から酒粕《さけかす》を敷く。

「ああやって死体を温める。そうすることで、隠れた傷痕なども炙《あぶ》り出せるらしい」

黒曜がそっと教えてくれた。

温まるまで少し時間がかかるらしく、検屍官や立会人は一度その場を離れる。薫香はその場に留《とど》まり、黒曜は何も言わず隣に立っていた。

一刻ほどして、検屍官は戻ってきた。そして作業が再開された時、異変が起きる。

最初に気付いたのは薫香。

「えっ⁉」

初めは何かの間違いかと思われた。だが、すぐにそうではないことが分かる。そして、その事実に驚愕《きょうがく》した。

やがて周りも気付き始める。検屍官が戸惑いに手を止め、集まった者たちは驚きに騒ぎ出す。誰もが動揺を隠せず、混乱し、喚《わめ》き出す者まで現れた。

(不味《まず》い)

薫香は焦る。いまこの場で冷静を保っているのは黒曜だけ。

いや違う。彼も戸惑っている。

周りが騒いでいる理由が分からないから。鼻の利かない彼は気づいていない、この異常事態に。

「薫香、一体何が起きている？　こいつらは、何を騒いでいるんだ！」

すがるように薫香の袖を引くその顔は、焦りに歪んでいた。

「香るのです」

「えっ？」

「死体が、南貴妃さまの死体が香っているのです。それも、とても強く」

答える薫香の声も震えた。死臭ではない。腐臭でもない。そんな不快なにおいからかけ離れた、得も言われぬ芳香が部屋を満たしていく。においの元は、間違いなく南貴妃の死体。

「そんな馬鹿な」

鼻の利かない黒曜は、拒絶するように大きく首を振る。だが、周りの混乱ぶりを見れば、
その馬鹿なことが起きていることを認めざるを得ないだろう。

「『香妃《こうひ》』」

不意に発せられた言葉に、一瞬で場が静まる。全員の視線が一点に向けられた。その先
にいたのは、年若い一人の女官。

東蕙妃《とうけいひ》に仕える女官だ。青白い顔のまま、彼女は続ける。

「『香妃』よ！　死して尚《なお》、体から芳香を発するなんて、南貴妃さまこそ『香妃』だった
のよ!!」

どこか茫漠《ぼうばく》とした表情の彼女の叫びを、しかし誰も否定することは出来なかった。奇跡
はいままさに、目の前で起きているのだから。

「そんな、まさか……」

薫香は茫然《ぼうぜん》と、香り続ける南貴妃の屍《しかばね》を見つめていた。

「最悪だ」

独房宮に駆け込んでくるなり、黒曜は頭を抱えてしまった。

化け猫騒動に始まった後宮の不安は、南貴妃の検屍事件をもって最高潮に達していた。

「外の様子はどうです？」

「どうもこうもない。後宮内は何処《どこ》も彼処《かしこ》も、南貴妃の話題で蜂の巣をつついたような有《あり》様《さま》だ」

無理もない、と薫香は思う。

死体とは、遅かれ早かれ腐るものだ。腐れば異臭を発する。それが自然の摂理。死体が香るなど、その摂理に反している。奇跡以外の何物でもない。その奇跡が起きたのだから。

「最悪だ」

黒曜はもう一度、同じ言葉を吐き捨てた。

それでも、あの場での黒曜の対応は迅速にして、的確だったと薫香は思う。

場にいた全員を後宮に留め置き、外部から隔離した。結果、事件は間を置かず後宮中に知られることになったが、それより外に漏れるのを防げたのは何より大きい。

「もし城の外に漏れていたらと思うと、想像すらできないですね」

「想像できないと言うより、想像したくもない」

黒曜は憔悴《しょうすい》しきった顔で吐き捨てる。

『香妃』の人気はいまもっても高い。ある種、信仰に近いほど。

その再来というだけでも、大騒ぎになるはずだ。ましてや毒殺されたかもしれない、なんてことを知られた日には……。

「大暴動が起きそうですもんね。下手したら国が転覆しかねない程の」

「冗談にしても質《たち》が悪いぜ」

軽口をたたく薫香を、黒曜は忌々し気に睨む。肩を竦《すく》めて返す。

「それで、これからどうするんです？　当然、南王家は黙っていませんよね」

大事な皇后候補の妃《きさき》を失っただけに止《とど》まらず、その妃が『香妃』だったとなれば、南王家は手に入るはずだった権力の座を失ったことになる。黙って引き下がるはずがない。徹底的な事件の調査を要求してくるはずだ。

「ところが、そうでもない。南王家の立会人は、再調査の依頼すらしてこない。それどころか検屍前までの鼻息の荒さが嘘《うそ》のように、大人しくなってな。ひどく動揺している」

「不思議ですね。南王家にとっても、予想外だったということでしょうか。それでは再調査は行われないのですか？」

それならそれで、よいと思う。南貴妃が静かに眠れるのなら。

だが、薫香の願いは届かない。

「いや、事件については、すでに陛下の耳にも届いている。陛下はことを重く見て、急ぎ調査を進めるようご命令されたそうだ」

「そうですか。ご苦労なことです」

「なにを呑気《のんき》なことを言っているんだ？　考えてもみろ。もし仮に南貴妃が『香妃』と認められたら、お前の立場はどうなる？　嘘を疑われるのは必然だ。今回の件で一番危ういのは、実は薫香なんだぞ！」

「確かに」

『香妃』が二人同時に再来した、と押し通せなくもないだろうが、風当たりは間違いなく強くなるだろう。

「南貴妃さまは、本当に『香妃』だったと思うか？」

それは薫香もずっと考えていた。

難しい問題だ。そもそも『香妃』の判断基準があいまい過ぎる。確かに『香妃』はその体から、得も言われぬ芳香を発していたという。だが、それは伝説上の話だ。

「正直、分かりません。ですが、個人的には違うと思います」

「その理由は？」

「あの素直な子が、もし本当に『香妃』だったなら、そのことを今まで周囲に黙っていたとは思えません。もっと早い段階で、噂《うわさ》になっていてもおかしくない。その程度の理由です」

根拠が弱いな、という黒曜の意見には、悔しいが頷《うなず》かざるを得ない。

「では、視点を変えましょう。仮にあの子が『香妃』ではなかったとしたら、黒曜さまはあの現象をどう説明しますか？」

あの現象とは、死体が香り出したこと。

「そうだなあ。そもそも人の体は、においを発するものだ。体臭は誰もが持っている。だが、基本的に嗅いで心地よいにおいではない。それをごまかすため、人は多くの場合においを纏《まと》う。体につけていたにおいが、急に香り出したというのはどうだ？」

香水、香油、塗香などなど、体ににおいをつける方法は、確かにいろいろある。

だが、薫香は首を横に振る。

「ありえないでしょうね。どんな方法だったとしても、皮膚に残っていたにおいは僅かのはず。そんな弱いにおいではありませんでした」

あの時、検験所に溢《あふ》れたにおいは、服に移りそうなほど強かった。

二人そろってため息が出た。完全に行き詰まりだ。

「おい、お前」

唐突に銀葉が部屋に入って来た。呼ばれた黒曜は、顔を顰《しか》める。

「お前ではない。黒曜という名前がある。何度言ったら――」

「外に役人が来ている。ひどく慌てているみたいだ」

黒曜の言い分など意に介さない銀葉。さっさと用件を告げるや、門の方を顎で指し示す。

再び黒曜が顔を顰めたのは、銀葉の無礼に対して、ではなく困惑からだろう。

「心当たりがないのですか？」

「ああ、何も。悪いが、ここへ通してやってくれ」

「ここには怖くて入れぬのだと。外で震えている」

「……」

無言で立ち上がると、黒曜は足早に門へと向かう。足音にいくらかの不機嫌が感じられた。

薫香もこっそりと後に続く。

外へ出ると、門の前に宦官《かんがん》らしき者がいた。

「あの、あなたは？」

女官姿の黒曜を見つけるや、宦官は駆け寄ってくる。

「この独房宮に勤めている、女官の薫風《くんぷう》だ。あなたは？」

しれっと答える黒曜。宦官はあからさまに、安堵の表情を浮かべた。

「私は太監に勤める者でございます。大変です。実に大変な事態が起きております」

宦官は何やら必死に伝えようとするが、おろおろと慌てるばかりで要を得ない。

「落ち着きなさい！　それでも皇帝陛下にお仕えする宦官ですか！　見たところ、ひどい有様ですが、一体何があったのです？」

黒曜の後ろから、ひょいと覗《のぞ》いてみると、なるほどひどい姿だ。

衣服は乱れ、冠は傾き、履《くつ》は片方脱げている。おまけに鼠《ねずみ》のようなその顔は、ひっかき傷だらけ。まるで暴漢に襲われた後のようだ。

「そ、それが、南紅宮で女官たちが騒いでいるという知らせがありまして。心配した白《びゃく》檀《だん》さまに命じられ、私が様子を見に行ったのです。確かに何やら騒いでおりましたので、静めようとしたところ、この有様。奴《やつ》らの狂暴なことといったら、もう」

つまり返り討ちにあったということか。

「南紅宮？　彼女たちは、何が原因で騒いでいるのだ？」

「それが、奴らの言うには、南貴妃さまの仇《かたき》を取るだの、なんだのと申しまして」

「えっ」

思わず声が出てしまい、慌てて口を塞ぐ。だが、時すでに遅く、宦官の目がチラリとこちらを見た。

「仇？　犯人が分かったのか？」

「そ、それが、奴らが申すには贖罪妃だと。それで急ぎお知らせに……」

「わ、私⁉」

何かの間違いではないかと思ったが、宦官は黙ったまま、口を開かない。ただ、ジッとこちらを見るだけ。蔑みと怯《おび》えが交じった目。

(嫌な目)

視線を逸《そ》らそうとした時、不意に目の前が遮られる。黒曜の大きな背が、視界を遮っていた。

「何を根拠に、そのような戯言《たわごと》を」

「そ、それは私に言われましても……」

いつも以上に冷たい黒曜の声に、宦官は首を縮める。

その時、薫香の鼻ににおいが触れた。大勢の人のにおい。その中に覚えのあるにおいが幾つかある。

「あの、随分と大勢が、こちらに向かってきているようですが」

「き、来た——!!」

悲鳴を上げるが早いか、宦官は脱兎《だっと》のように駆け出す。そしてあっという間に逃げ去ってしまった。

「薫香さま、とりあえず中へ」

銀葉に促され、門の中へ入る。開け放たれた門の陰に隠れ、周囲の様子をうかがう。後宮はほどなく夕刻を迎えようとしていた。

「随分と物騒な連中だな。南貴妃さまとは仲良くしていると思っていたのだが。女官たちに犯人呼ばわりされる心当たりは？」

「あると思いますか？」

まるでその答えを待っていたかのように、門の前に三人の女官が姿を現す。やや年長の女を先頭に、後ろに若い女官が二人。顔に見覚えはないが、においに嗅ぎ覚えがある。確かに南貴妃の女官たちだ。先頭のにおいは、女官長のものだった記憶がある。

「三人だけか？」

「いえ、囲まれています」

外壁に阻まれ見えないが、宮の周りを取り囲まれている。においから察するに、その数は三十人といったところか。総出でのお出まし。ちょっとお茶でも、といった雰囲気ではなさそうだ。

嫌な予感しかしない。心の臓が胸の下で暴れ、わきの下を汗が伝う。

「あなたは？」

女官長の神経質そうな声が、門の前に立つ銀葉を問《と》い質《ただ》す。

「わたしは銀葉。この独房宮の門番だ」

門番？　と繰り返した女官長は眉を顰《ひそ》める。門番がいるとは思っていなかったようだ。

「そうですか。では、そこをどいて下さい。我々は南貴妃さまにお仕えする者です。ここの主《あるじ》である贖罪妃にお話があり、参りました」

「断る」

居丈高な女官長の申し出を、銀葉は当り前のように拒絶する。目を見開いたのは女官長。

「あなた、何を言っているのです？　たかが罪人の門番が、何を理由に我らを拒む！」

「身分は卑しくとも、わたしは陛下にお仕えする官吏。我が任は、許可なくこの宮から誰も出さないこと。そしてこの宮に誰も入れないこと。陛下の命に背く者は、何人《なんぴと》であろうと排除する」

淀《よど》みのない銀葉の回答に、気色ばんでいた女官長も鼻白む。

「知らなかった、銀葉があんなにも仕事熱心だったとは」

「私もです」

黒曜の皮肉に、薫香も苦笑いを漏らす。

そのまま大人しく引き下がってくれることを願ったが、そううまくはいかない。

「番人のくせに邪魔しないで！　早くそこをどきなさい！　そこの宮の主は人殺しなのよ！　庇《かば》うなら、あなたも同罪だわ！」

後に控えていた若い女官の一人が、泣きださんばかりの勢いで喚《わめ》き散らす。それを皮切りに、四方から声が上がる。聞くに堪えない誹謗《ひぼう》が飛び交う。

それまで微動だにしなかった銀葉が、無言で一歩前に踏み出す。明らかに怒っている。

「銀葉、ダメよ！」

慌てて主想《おも》いの門番の許《もと》へ駆け寄る。このままでは、本当に争いになってしまう。銀葉が女官相手に後れを取るとは思わない。だが、彼女に人を傷つけて欲しくなかったし、南貴妃の女官たちに傷ついて欲しくもなかった。ましてや薫香の為《ため》に。

突然、姿を現した薫香に、驚きと怨嗟《えんさ》の視線が集まる。

「お待たせいたしました。私が宮の主、贖罪妃こと李《り》薫香でございます。何やらお話があるとのこと。伺うのはやぶさかではありませんが、たった一人の、囚《とら》われの妃《きさき》を相手に随分と物々し過ぎではありませんか？　それとも、これが南王家の礼儀ですか？」

銀葉を下がらせ、正面の女官長と相対する。争う気はないが、遜《へりくだ》るつもりもない。

「贖罪妃さま、どうぞご無礼をお許し下さい。ですが、これからお訊《たず》ねする事柄の回答次第では、さらなる無礼も辞さない所存」

女官長も一歩も引かず、視線がぶつかる。

そして思い出す。南貴妃の傍《そば》近くに控え、甲斐甲斐《かいがい》しく世話を焼いていた彼女の姿を。

「分かりました。伺いましょう。私に尋ねたいこととは何でしょうか？」

飛び交っていた罵声も、いまは止《や》み、風がないでいる。誰もが固唾を呑《の》んで、こちらを見守っているのが分かった。

「単刀直入にお訊ねいたします。南貴妃さまを殺したのは、あなたですね」

女官長の声に迷いはない。薫香を見つめるその目は、冷たく燃えていた。

「いいえ、身に覚えのないことです」

だから、薫香も真っすぐに答える。内心、思っていた以上の直言に驚きながら。

「なぜ、私が南貴妃さまを殺さなくてはならないのです？　一体、何を根拠に――」

「それは、あなたが贖罪妃だからです。古《いにしえ》に太祖を殺した『裏切りの一族』。『英雄殺し』の忌まわしき血を受け継ぐ女。あなたなら、やりかねないでしょう」

絶句した。まさか現在の事件に、百年以上前の出来事を持ち出すのか、と。

同時に、納得もする。

かくも完璧な根拠があるだろうか。この国の人間なら、誰もが納得するだろう。なにしろ、薫香本人が納得してしまうのだから。

再び、罵声が飛ぶ。久しく浴びせられることのなかった軽蔑と蔑み。『裏切りの一族』『英雄殺し』『呪われた血』……、もはや懐かしさすら覚える言葉の数々。その一つ一つが薫香の心を抉《えぐ》る。

目を閉じ、静かに涙を流す。

「やめなさい！」

すぐ隣で、爆《は》ぜるような怒号が響いた。その激しさに、薫香は目を見開く。

いつものように見上げたその顔は、西日に照らされよく見えなかった。

「ここをどこだと思っている！　皇帝陛下の後宮である！　ここで騒ぎを起こすということは、陛下への反逆と心得よ！」

皇帝の名を出されては、女官たちも黙るしかない。いや、黒曜の迫力が辺りを黙らせる。言葉は尚《なお》も続く。

「何が贖罪妃だ！　何が『英雄殺し』だ！　それが一体何だというのだ？　過去に囚われ、いまを見ない。真実を求める努力を放棄し、安易に手に入る結論に流される。それで南貴妃さまが喜ぶとでも思っているのか！」

薫香は驚く。あの黒曜が怒っている、他人の為に。あの自己中心的で、人を駒と同じように扱う黒曜が。思わず目を疑ってしまう。

黒曜の叫びが空に溶けていくと、あたりは静けさを取り戻す。

「なるほど。あなたの言う通り、我々は結論を急ぎ過ぎたのかもしれません。今日は引き揚げることにいたします。ですが、疑いが晴れたわけではありません。そのこと、どうぞお忘れなきように」

女官長は踵《きびす》を返すと、後に控える若い女官に何事か伝える。若い女官は一度悔し気にこちらを見てから、どこかへ駆け出して行った。やがて、宮を囲んでいたにおいの輪が解けていく。

それでは、と言って立ち去ろうとする女官長を、黒曜が呼び止める。

「ひょっとして、いま南貴妃さまの宮には誰もいらっしゃらないのでは？」

「ええ、総出で押し掛けてきたので、もぬけの殻かと」

その答えに黒曜は身を乗り出す。

「お願いがあります。宮に戻ったら、二つのことを急ぎ調べて貰《もら》いたい。一つは宮からなくなった物はないか。どんな些細《ささい》な物でもいい、なくなった物があれば教えて下さい。それからもう一つ。贖罪妃が犯人だと、最初に言い出した者を探して貰いたい」

「ぜひ、お願いします」

黒曜の横で、薫香は頭を下げた。意図は分からないが、黒曜には何か考えがあるのだ。それを信じるくらいには、黒曜のことを信頼していた。

戸惑いながらも了承してくれた女官長の手を握り、最後に薫香はこう付け加えた。

「南貴妃さまがなぜ亡くならなければならなかったのか、私も知りたいのです。これはその重要な鍵。どうかよろしくお願いします」

翌日の昼過ぎ、南貴妃の女官長から使いが来た。頼んだ調査の答えを携えて。やはり出来る女は仕事が早い。

「大茴香《だいういきょう》ですか？」

薫香は首を傾《かし》げる。

「ああ。南貴妃さまは、自分で練香を調香されていたそうだ。そして女官長の調べによれば、南貴妃さまが使っていた香材の中から、大茴香だけがなくなっていたらしい」

それ以外に宮からなくなった物はないという。

「たまたま、それだけ使い切られていたのではないですか?」

「最近補充したばかりだったそうだ。他の香材とともに取り寄せたのを、覚えている女官がいたんだと」

「なるほど。ところで大茴香とは、どんな香材なんですか?」

「モクレン科の果実を乾燥させたものだ。八つの角を持つ星形で、清涼感のある爽やかな香りがする。香料以外にも薬剤や香辛料など幅広く使われている。八角と呼んだ方が、馴《な》染《じ》み深いかもしれない」

「八角なら知っています。独特のにおいがする香辛料ですよね。わざわざ盗むほど高価な物ではないと思いますが。本当に盗まれたと考えているんですか? 第一、南紅宮から一時的に人がいなくなったのは偶然です。そんな都合よく、偶然が起きますかねえ?」

犯人が誰にせよ、南紅宮で盗みを働けたのは、一時的にもぬけの殻になったあの時しかない。だが、女官たちは偶発的に独房宮に押し掛けたのであって、予《あらかじ》め計画していたわけではない。誰も予想出来なかったはずだ。

「それがそうでもない。もう一つ、俺が頼んだことを覚えているか？　最初に贖罪妃を犯人と言い出したのは誰か。宦官《かんがん》だったそうだ。巨漢の宦官」

「宦官？」

話の出所を辿《たど》っていくと、取り次ぎを務める若い女官に行きついたらしい。その女官の話では、あの日朝早く皇帝の使いだという宦官が訪ねてきたとか。用件は大したことではなく、門の前で言付かったが、去り際、

「そういえば、今回の一件、贖罪妃の仕業だという噂《うわさ》があるそうですよ」

と吹き込んでいったらしい。若い女官はそれを同僚に話し、その同僚が同僚に……。火種はすぐに燃え上がった。

「薫香を犯人に仕立て上げることが目的というより、忍び込む機会を作り出したかったのかもしれない」

「こだわりますね、その大茴香に」

先程から疑問に思っていたことを口にする。

「大茴香に纏《まつ》わる事故事例を読んだことがある。その被害者の症状と、南貴妃の症状が似ている気がしたんだ」

そう言って、黒曜はその事故について話してくれた。もちろん、薫香にとっては初耳の話。

「いずれにしても、まだ何も断定できない。謎の宦官のことも含めて、少し調べておく」

「盗まれた大茴香と、謎の宦官ですか。南貴妃さまの事件と、繋《つな》がっているのでしょうか？」

「おそらく。というか、繋がっていてくれないとそれこそ八方塞がり。本当に薫香が犯人に仕立て上げられかねん」

「……これ以上、他人の罪なんて背負いたくないです」

一族の罪に、友人殺しの罪。一人で背負うには、どちらも重すぎる。

「時間との勝負だな。事件の長期化は誰も望まない。なにしろ後宮や宮廷というところは、何かと詮索されたくない者が多い。そういう連中は、適当な犯人を仕立て上げてでも、早々に幕を引きたがる」

薫香は重いため息を吐《つ》く。

すると急に、黒曜が意地の悪い笑みを見せる。

「どうだ、少しは自分の行いを後悔しているか？」

「何のことです？」

「俺の言った通り、早めに南貴妃を脱落させておけば、こんな事態にはならなかったんだぜ」

黒曜の瞳が、暗く輝く。

どうや化け猫騒動のことを言っているらしい。

「意外に根に持つ性格ですね。別に後悔なんてしてません」

「おや、罵声を浴びせられ泣いていたのは誰だ？」

「ああ、あれは嬉《うれ》しかったんです」

「はっ？」

黒曜の口から声が漏れる。どうやら驚いているらしい。

「意外ですか？　でも、本当です。あの子は、南貴妃さまは、周りに心許せる者がいないと嘆いていた。でも、私へのあの罵声や怒りは、南貴妃さまを失った悲しみから出たもの。南貴妃さまが、あの子がそれだけ愛されていた証拠。だから私は、とても嬉しかったのです」

その想いが南貴妃に届いていたと信じたい。それを確かめる術《すべ》がないことが、いまはとても悲しい。

「驚くべきお人よしだな。それとも底抜けの楽天家なのか？」

いつの間にか、黒曜は口を尖《とが》らせている。

「何を拗《す》ねているんですか？　そうそう、言い忘れていました。昨日は助けてくれて、嬉しかったですよ」

「……言い忘れるなよ」

そっけない言葉とは裏腹に、その表情は複雑。喜んでいいのか、嘆いていいのか、彼自身分からないのだろう。

「失礼。皇帝陛下から荷が届きました」

いつものように、唐突に銀葉が部屋に入ってくる。

「皇帝陛下から？」

「はい、先程使いの者が来て、置いて行きました。入口に運んでありります」

何だろうと見に行けば、そこは三十四を超える蝦蟇《がま》の大群が。

「蛤蟇吐蜜《ハーマトゥーミー》だ！」

それはいつぞや街中で食べた餡《あん》入り焼餅。その蝦蟇に似た愛らしい姿、中の金木犀《きんもくせい》の香り、そして餡の甘さまで片時も忘れたことはなかった。しかも文字通り山のように積まれている。

「こ、ここは、桃源郷なの⁉」

「現実という名の地獄だよ。それにしてもなぜ陛下がこんな物を？　しかも薫香に？」

戸惑うばかりの黒曜に、薫香は胸を張ってみせる。

「私が陛下にお話ししたからです。あの謁見の夜に。そしたら陛下も大変興味を待たれていました。そのことを覚えていて、贈って下さったのでしょう」

「なんという、恐れ知らずな」

驚愕《きょうがく》する黒曜を尻目に、早速、ひとつ目の蝦蟇を手に取る。割ってみれば、中から立ち昇る金木犀の香り。一口頬張れば、さくっとした食感と香ばしい香り。後を追うように甘さと金木犀の香りが口の中に広がる。

「美味《うま》い!!」

「呆《あき》れるほど行儀が悪いな。仮にも皇帝陛下からの賜り物。もう少し有難《ありがた》く食べろよ」

「陛下からの賜り物だろうが、屋台のおっちゃんから買ったものだろうが、美味いものは美味い！　等しく感謝して頂いてます」

早くも二つ目に取り掛かる薫香。

卓子《テーブル》の上に尻を乗せ、足を組んで見ていた黒曜も、幸せそうな顔につられたのか蝦蟇に手を伸ばす。よく行儀云々《うんぬん》言えたものだ、と呆れてしまう。

一口かぶりついたところで、黒曜は首を捻《ひね》る。

「確かに美味いは美味いが、他の焼餅とそんなに違うか？」

全然違います、と薫香は拳を握る。

「違いが分からないのは、黒曜さまの鼻が利かないからです。この焼餅最大の特徴はにおい。焦げた餡の香ばしいにおいと、餡に練り込まれた金木犀のにおい。そして隠れるように潜んでいるのは、生地に練り込まれた金木犀の香り。こちらは蜂蜜漬けでない分、微《かす》かですが野性味を感じさせます。内と外の二種類の金木犀のにおいが、一層味を引き立ててくれるのです」

においは最高の香辛料だ。

「よく焼餅一つで、そこまで語れるな。まあ確かに、香りが料理を美味《おい》しくするという話は聞くが」

「そうでしょう、そうでしょう。人とは五感で味わう生き物なのですから。今回の蛤蟇吐蜜は残念ながら、少々においが弱いようです。あなたと食べた時の方が美味しかったですね。って、なに喜んでいるんですか？」

「喜んでない。作りたてが美味いのは同然だ。冷めると、味もにおいも落ちる。どうしてもと言うなら、温め直すといい。『香』もそうだが、においは温めると蘇《よみがえ》る」

「へえ、相変わらず知識だけは豊富ですね。って、どうかされましたか？」

見れば、黒曜は焼餅を持ったまま固まっている。その上、何やらブツブツと独り言を繰り返す。

「隠れたにおい、内と外、二種類のにおい、温めると蘇る……」

さすがに心配になって来た頃、突然ばね仕掛けの人形のように立ち上がる。

「こ、黒曜さま!?」

「分かったぞ」

「な、何がですか？」

確信に満ちた表情の黒曜が、驚く薫香を見下ろす。

「全てだ」

二日後、薫香たちは再び真黄宮の一室にいた。

南貴妃の検屍《けんし》が行われたあの部屋。集められたのも、あの時と同じ顔触れ。そして寝台の上には、南貴妃が横たわっていた。

「おい、これは一体どういうことなんだ！」

「あの〜、何をするんですか？」

喚《わめ》いたり、怯《おび》えたり、苛立《いらだ》ったり、見せる表情は様々だったが、集められた者たちは一様に戸惑っていた。突然呼び出された者はもちろん、事前に話を聞かされている検屍官までも。戸惑っていないのは、薫香と黒曜だけ。

女官姿の黒曜が一歩前に出る。一度、薫香の方を向き、小さく頷《うなず》いてから話を始めた。

「急な招集に応じて頂き、皇帝陛下に代わり感謝する。実は南貴妃さまの死因について、ひとつの可能性が浮かび上がった。それを実証するため、もう一度検屍を行う」

ぴんと背筋を伸ばし、凛《りん》として声を張り上げる黒曜。女官姿を忘れさせるほどだ。そして、変わらずその姿は美しかった。

場がどよめく。

「ちょっと待て！　再度の検屍など、南王家は聞いていないぞ！　一体、誰が許可したというのだ！」

南王家から派遣された立会人が騒ぎ出す。予想通りだ。

「検屍については、皇帝陛下より許可を頂いた」

「南貴妃は南王家の人間だ。たとえ陛下であっても、南王家の許可なしに勝手をされては困る！」

「それは違う！　後宮に入られた以上、南貴妃さまは陛下の妃《きさき》。南王家の方ではない。それとも南王家は、死因を知りたくないのか？　たとえば調べられると困る理由があるとか？」

「そ、そのようなことは……」

黒曜に詰め寄っていた立会人の目が泳ぐ。それを見た薫香は確信する。

（やはり、この男は知っていたのだ）

内から湧き上がる怒りの感情を、拳を握って抑え込む。

「各々方、よろしいな。では検屍官、始めて下さい」

黒曜の言葉を合図に、のろのろと検屍官が動き出す。

今回はいきなり死体を温めるところから始める。それが分かったからか、場は緊張に包まれていく。脳裏をよぎるのは、前回の怪現象。

　ほどなくして、薫香の鼻が動く。遅れて周囲の者も、感じ始める。前回と同じように、死体が芳香を発し始めた。

「お静かに。これより、この怪現象の原因をお見せする」

　ともすると狂乱をきたしそうな場で、黒曜は努めて冷静に言葉を紡ぐ。そして検屍官に先を促す。

「あ、あの、本当によろしいのでしょうか？　『香妃』さまの体を傷つけて……」

　事前にあれほど説明したのに、検屍官は尚《なお》も躊躇《ためら》う。黒曜の顔に苛立ちが見えた。

「大丈夫だ。全ての責任は、私が負う。南貴妃さまも、きっと私を恨まれるはずだ」

　ようやく安心したのか、検屍官は鋭い刃物を手にする。それを南貴妃の腹部にあてがう。

　薫香は思わず胸の前で手を合わす。

（桂花さま、赦《ゆる》して下さい）

　もう何度目になるか、心の内で唱える謝罪の言葉。薫香が目を逸《そ》らすと同時に、南貴妃の体が裂かれた。

「な、なんだこれは……」

　検屍官の声が室内に響いた。

「思った通りだ。南貴妃の胃の内容物から、『体身香《たいしんこう》』が検出された」

待ちかねた報告が届いたのは、中天を幾らか過ぎた頃。

「『体身香』?」

「南方の古い書物に『芳気法《ほうきほう》』なる医術書がある。芳気法とは香料を食べることで、体から芳香が漂うようになるというものだ。その書の中に『体身香』という丸薬が載っている」

丁字、麝香《じゃこう》、甘松、桂皮《けいひ》などの各種香料を粉末にして調合、秘伝の技法で練り固め、丸めた香薬。この丸薬を一日に三回十二個ずつ服用し続ける。すると十日で口内に芳香が満ち、二十日で体から香気を発し始め、三十日を過ぎればすれ違う人も気付くほどに。満身秘薬、これを『体身香』と呼ぶ。

「そんな馬鹿な」

どんな良薬であっても、過剰に摂取すれば毒。ましてや効果の定かでない薬を大量に摂取するなんて自殺行為だ。

「ああ、馬鹿げた民間療法だ。それでも南王家は、それを信じた」

薫香は肩を落とす。

『香妃』の伝説の中で最も有名なものが、体から芳香を発していたというもの。もしそれを再現できたなら、誰もが『香妃』と認めたに違いない。

最後に会った時の、南貴妃の表情が思い浮かぶ。

(本気で信じていたのだろうか？　きっと信じないわけにはいかなかったのよね)

得体のしれない薬を服用するのだ。一体、どれほどの恐怖に襲われたことだろう。南貴妃を想《おも》い、薫香の胸は痛んだ。

香料の多くは、熱を加えることでにおいを発する。大量に摂取した丸薬の一部が胃に残り、検屍で体を温めたことにより、それがにおいを発した。それが今回の怪事件の真相。

「南貴妃の死因は、香薬の過剰摂取。そういうことで、決着させる」

「……女官たちは、丸薬のことを知っていたのですか？」

「いいや。『体身香』のことは、南貴妃と王家の者しか知らなかったようだ。丸薬の製法も南貴妃だけに伝えられ、自分で調合し、服用していたらしい。彼女が妃に選ばれたのも、人より体温が高く、『体身香』との相性がよかったからだそうだ」

南王家の立会人を問い質《ただ》したら素直に吐いた、と黒曜が教えてくれた。

「……そうですか」

それにしても、と黒曜が口元を緩める。

「随分と思い切ったな」

そう言って、薫香の髪を指す。腰に届くほど長かった髪が、いまは肩の上までしかない。

検屍から戻るなり、自ら切った。

「火事の時、毛先が一部焼けてしまっていましたから。何より伸ばすのに飽きました。手入れも大変だし」

「髪は女の命。長いことが美女の条件なんだろ？」

「古い価値観ですね」

鼻で笑ってやる。だというのに、黒曜の笑みは崩れない。

「罪滅ぼしのつもりか？　南貴妃の体を傷つけたことに対する」

「……罪滅ぼしにもなりませんよ。そして分かっているなら、聞かないで下さい」

唇を尖《とが》らせ、そっぽを向く。

それは失礼、と笑って黒曜は立ち上がる。

「そうそう、南貴妃は故郷に戻れるよう取り計らっておいた。あの霊猫《れいびょう》と一緒に」

南貴妃は里帰りを望んでいた。こんな所に葬られるより、彼女はきっと喜ぶだろう。

「ありがとうございます」

「礼には及ばん。俺がそうしたいから、そうしたまでだ」

用件は済んだはずなのに、黒曜はまだこちらをじっと見ている。

「まだ何かあるんですか？」

いい加減うんざりしてきた。

「いや。短い髪の女も悪くない、と思っただけさ」

「むっ⁉」

戸惑う薫香の顔に満足したのか、したり顔で黒曜は部屋を出て行こうとする。

その背を呼び止める。

「『体身香』に、大茴香《だいういきょう》は使われていましたか？」

振り返った黒曜に、そう訊《たず》ねた。胸の内側では、心の臓が早鐘を打っていた。

「ああ、使われていたよ」

何でもないことのように、黒曜が答える。

「そうですか」

目の前が真っ暗になり、薫香は静かに目を閉じる。

「あまり無茶するなよ」

「えっ？」

目を開けた時、声の主の姿はそこになかった。

静寂に包まれる独房宮。静けさに身を委ね、薫香は考えていた。自分が導き出した結論を、否定する可能性を探すため。

だが、探し物は見つからなかった。

「本当に、一人でよろしいのですか？」

いつの間にか傍《そば》に控える銀葉。その問いに、小さく頷く。

「ええ、大丈夫。ひとりの方が、気楽でいいわ」

明るく答えて、肩を竦《すく》める。

それでも何か言いたそうな銀葉だったが、それ以上は何も言わなかった。代わりに一本の懐剣を差し出す。

薫香が頼んでおいたものだ。

「ありがとう」

礼を言って、薫香はそれを受け取った。

翌日の日暮れ前、薫香は一人、宮の門を叩《たた》く。

顔を出した女官に、妃への取り次ぎを頼む。

「いま妃は誰ともお会いになりません。ご用件だけ伺っておきます」

露骨に迷惑そうな顔をする女官に、薫香は微笑《ほほえ》む。

「では、宦官《かんがん》の李桃香《とうか》が会いに来たと、お伝え下さい。そうすれば、きっと妃のお気持ちも変わり、会って頂けると思います」

女官は不思議そうに、薫香の服装を上から下まで確認する。

髪が短いので櫛《くし》こそ挿していないが、鮮やかな翠色《みどりいろ》の襦《じゅ》に、同じ色の長裙子《ちょうくんし》。その姿は妃のそれ。間違っても宦官のものではない。

戸惑いながらも女官は、門の中へと消える。やがて戻って来た彼女は、薫香の予想通りのことを告げた。

「妃がお会いになるそうです。どうぞ、中へお入り下さい」

通された一室で、薫香は妃が来るのを待つ。

静かに目を閉じ、心を落ち着かせるため、においを嗅ぐ。

部屋には『香』が焚《た》かれていた。決して邪魔にならない、だが、しっかり存在を示す絶妙な塩梅《あんばい》。幽玄なこの香りは、沈香《じんこう》だろうか。上品さの中に、凛《りん》とした一筋の強さを感じる。まるでここの主《あるじ》を思わせるにおいだ。

たっぷりと部屋のにおいを楽しんだ頃、女官を引き連れ、彼女は姿を見せた。

薫香は立ち上がり、拱手《きょうしゅ》で迎える。

「お久しぶりでございます、東蕙妃さま」

向かいに座した東蕙妃は、今日も殊のほか美しかった。長い髪は艶《つや》やかで、肌は白く、瞳は叡智《えいち》に輝いている。親しみやすい雰囲気の中にも、威厳を感じさせる品が漂う。

「あなたは、贖罪妃？　本当に久しぶりね。沈香亭《じんこうてい》の時以来でしょうか？　またお会い出来て嬉《うれ》しいですわ。あの時より随分と髪が短くなられたのね。でも、とても似合っていますわ」

突然の訪問、しかも予期せぬ人物の登場だったろうに、東蕙妃の笑顔は完璧だった。動揺の色など、微塵《みじん》も見えない。

「先立っての連絡もせず、急に押し掛けましたことお詫《わ》びいたします」

「気になさらないで。急だったから、充分なおもてなしが出来ないことを許して下さいね」

女官がお茶と菓子を運んできた。

一通りの挨拶が終わった頃合いで、さて、と東蕙妃が身を乗り出して来た。

「会いに来てくれたのは嬉しいけれど、不思議ですわね。なぜ、あなたがここにいるのかしら？　目通りを願ってきたのは、李桃香という宦官だと聞いていたのですが」

「はい、そのようにお伝え願いました。間違いございません。いえ、嘘《うそ》でもありません。李桃香という宦官は、私が外に出るための仮の姿だからです」

微《かす》かに東蕙妃の眉が動く。

薫香は目の前の茶碗《ちゃわん》を取る。よく香りを味わってから一口、渇ききった喉を湿らす。少し苦い。

「そう、なの」

「東蕙妃さまは、ご存じだったのですか？　李桃香という者を」

「いいえ、存じ上げないわ」

「知らないのに、よく会って頂ける気になりましたね」

「妃《きさき》の姿をしながら、宦官と名乗る者に興味を惹《ひ》かれましたの。どんな変な人が来たのかと思いまして。あなたの思惑通りだったかしら？　それじゃあ、用件を伺えますかしら」

おどける東蕙妃。そんな仕草一つにも品を感じる。

「はい、今日伺ったのは他でもありません、南貴妃さまのことです」

「先程、検屍《けんし》に立ち会った女官から聞きました。香薬の過剰摂取だそうですね。可哀《かわい》そうなこと」

だが、薫香は静かに首を振る。

「いいえ、違います。南貴妃さまの死因は毒殺。そして犯人は、あなたです」

「どういうことかしら？」

そう答える東蕙妃に、別段の変化はない。大した役者だ。この鉄面皮を、薫香は剝がさなくてはならない。

「南貴妃さまは『体身香』という香薬を服用されていました。この『体身香』の中には、大茴香の実が入っています。八つの角を持つ星形の実で、爽やかな香りが特徴の香材。ところが、これによく似た実を持つ植物があります。シキミという植物です。その実は大茴香と大変よく似ており、誤認されることもしばしばだとか」

黒曜に教えて貰《もら》った、大茴香の知識を披露する。

「そうなの。初めて聞いたわ」

東蕙妃の笑顔は崩れない。

「ところがこのシキミの実と、大茴香の実では決定的に違う所があります。シキミの実は、猛毒です」

シキミ。その名の由来は「悪《あ》しき実」。樹皮や葉は香料としても使用されるが、その実は猛毒。摂取すると嘔吐《おうと》、神経麻痺《まひ》、意識障害を引き起こし、やがて死に至る。

「ご高説ね。それがどうしたのかしら？」

「先頃、一時もぬけの殻になった南紅宮に、賊が侵入しました。その賊はなぜか金品には目もくれず、香材箱から大茴香だけを持ち去ったのです」

「香料を一つだけ？　随分と慎《つつ》ましやかな賊もいたものね」

「そうですね、通常では考えられません。ですが、あらかじめ大茴香がシキミにすり替えられていたとしたら。目的はもちろん、南貴妃さまを毒殺するため。そして目的を達成したいま、その証拠となるシキミを回収した。そう考えれば、辻褄《つじつま》は合います」

東蕙妃は形のよいその顎を、細い美しい指で摘《つ》まむ。

「なるほど。南貴妃に毒殺の可能性があるのは分かりました。ですが、そもそものすり替えは、どこで行われたのです？　ここへ来てから彼女はずっと宮に籠っていたはず。周りは南王家の女官しかいない。その状況ですり替える機会はあるのかしら？」

「おそらく通用門の宦官を引き入れたのでしょう。通用門を通る荷は、担当の宦官によって検《あらた》められます。香料も例外ではない。荷の横流しが頻繁に行われていたようですから、すり替えるくらい容易《たやす》いでしょう」

「その方法ならありえそうですわね。ただし、その方法が使えるのは、私だけとは限りません。そして皇后候補である者には、南貴妃を殺す理由もある。もちろん、あなたも含めて」

東蕙妃の指摘に、薫香は顔を顰《しか》める。さすがに手ごわい。

その通りだ。皇后候補の誰にでも可能であり、誰もが理由を持っている。

「では、もし南貴妃殺害の理由が、皇后候補を減らすためではないとしたら。殺さなければならない理由が、他にあったとしたらどうでしょう？」

「どういうこと？」

「沈香の偽装です」

はじめて、東蕙妃の表情が揺らいだ。

「後宮に納品されていた沈香が偽装されていた事件、東蕙妃さまもお聞きのことと思います」

「聞きました。ゆゆしき事態ですが、犯人は捕まって、処罰も下されたはずです」

「はい。捕まった犯人によれば、東王家から購入した沈香の中身を空洞にし、木粉を詰めたのだそうです。そうすれば重量は増え、沈香の価値は上がる。上手《うま》く考えたものです。

しかし世の中には、より巧妙な偽装方法があるそうですね」

表面に墨を塗ったり、詰め物をしたりするのは初歩の手口。割ってみると一目瞭然だし、何よりにおいはごまかせない。

「偽装沈香のにおいを嗅いだ時、私は不思議に思いました。二つのにおいが、混じり合っているように思えたからです。詰め物の偽装では、ああはなりません」

質の低い沈香を香油で煮込み、染み込ませる偽装方法。黒曜からその方法を教えられた時、薫香は納得した。元の沈香のにおいと、香油のにおいが混じり、あのようなにおいになったのだと。

「……噂《うわさ》通り、恐ろしく鼻が利くのですね」

「ありがとうございます。つまり商人が詰め物の偽装を施す前から、沈香は偽装されていたのです。では、誰がその偽装をおこなったのか？　それは――」

「やめなさい!!」

初めて聞く感情剝《む》き出しの声。驚きと迫力に、薫香は息を吞《の》む。

俯《うつむ》いた彼女の顔は、その長い髪に遮られ、うかがうことは出来ない。

「何処《どこ》まで調べたのです？」

「後宮の倉庫にある沈香はすべて嗅がせて頂きました。結果は、お分かりだと思いますが
……」

先立って、銀葉と後宮の倉庫に忍び込んだ。在庫の沈香の中にも、同じ偽装が施されているものがあった。そして偽装沈香の占める割合は、年を追うごとに増えていた。

特定の木が寿命を終え、香木に変わるまでに三十年、質の良い沈香になるまでには五十年。五十年かけて出来たものを、香りを楽しむため火にくべる。灰になるまで、一刻もかからない。

枯渇して当然だ。そして後宮に納められる沈香の産地は、すべて東王家。

「分かりました。すべてを告白します。南貴妃を殺すよう命じたのは私です。その方法は、あなたが仰《おっしゃ》った通り。そして理由は、皇后候補を減らすため。それでよいですね?」

有無を言わさぬ迫力に、薫香はただ頷《うなず》く。

「南貴妃には悪いことをしました。あなたにも。これは嘘ではありません。これより陛下に事実をお伝えし、私は皇后候補を辞退することにします。罰も甘んじて受けましょう。ただ、その前に……」

顔を上げた東蕙妃が、こちらを見る。うつろな表情とは裏腹に、その目の奥には凛とした輝きを宿していた。

その輝きを見た瞬間、背筋を冷たい汗が伝った。

「秘密を知ったあなたには、死んでもらいます」

取り乱すでも、声を荒らげるでもなく、東蕙妃は淡々と告げた。

控えていた女官たちが一斉に飛び出してきて、薫香を囲む。

その中には嗅ぎ知ったにおいがある。女官を掻《か》き分け現れたのは巨漢の宦官《かんがん》。傍《そば》に寄り添う女官のにおいにも覚えがある。

忘れたくても、忘れられないにおい。薫香と黒曜を攫《さら》い、焼き殺そうとした連中だ。

「やはり東蕙妃さまの配下の方でしたか。その節は、お世話になりました」

「宦官でもなければ、焼け死んでもいない。人を騙《だま》すとは悪い子だね。お仕置きの時間だよ」

「お互い様だと思いますけどねぇ」

じりじりと包囲の輪が縮まる。前にも後にも逃げ場はない。巨漢宦官の太い腕が伸びてくる。

薫香は懐からにおい袋を取り出し、中身の粉末香料を巨漢宦官の顔に投げつけた。怯《ひる》んだすきに、その巨体に体当たり。宦官が音を立てて倒れ、周囲に女たちの悲鳴と芳香が立ち昇る。機を逃さず、中庭に向かって走った。

（あと少し！）

桟を飛び越えようと、床を蹴った。中庭に向かって跳んだ体が、空中でいきなり真後ろに引き戻される。強《したた》か床に打ち付けられ、うつ伏せに転がったところを、上から巨漢が覆いかぶさった。

「うぎ、うぎぎ」

尚《なお》も抵抗するが、乗っかった巨体はぴくりとも動かない。薫香の前に立った東蕙妃が、膝を折り、顔を近づけてくる。

「そろそろ大人しくなさいな。あまり暴れると見苦しいですわ」

「生憎《あいにく》と、往生際が悪いのが取り柄なもので」

困ったわね、と東蕙妃は頬に手を当てた。

その時、一人の女官が東蕙妃に駆け寄り、何か耳打ちする。

「──の女官？　追い返しなさい、──騒がれると厄介ね。──入れて拘束しておきなさい」

途切れ途切れに、話し声が聞こえる。それが終わると、女官は再び駆け出して行った。

「さあ、そろそろ終わりにしましょうか」

「ここで私を殺したら、死体を隠すのに困りますよ」

「心配して頂かなくても大丈夫ですわ。隠す気はありません。あなたを殺したら、約束通りすべてを告白します。あなたを殺した理由も、南貴妃と同じ。皇后候補を減らすため。誰も疑いはしない」

東蕙妃はどこまでも冷静だった。

きっと彼女の言葉に嘘《うそ》はない。薫香を殺した後、東蕙妃は本当に自分のすべての罪を告白するだろう。恐らく死を免れることは出来ない。そして彼女は自分の死をもって幕を引く。ただ一つの秘密を、秘密のままにするため。

「そこまでして東王家を守りたいのですか？」

「いいえ。東王家など、どうでもよいのです」

「えっ？」

驚く薫香の顔を、東蕙妃の迷いのない顔が見下ろす。

「意外かしら？　確かに沈香《じんこう》は東王家領、唯一の産業。沈香が枯れれば、東王家も枯れる。でも、それは問題じゃないの。私が守りたいのは……」

そこで東蕙妃は言葉を切った。どこか遠くを見るその横顔は、慈愛に満ちていた。

「ねぇ、あなたは知っているかしら？　宦官になる者の多くは、産業もない貧しい土地の出身者だということを」

「か、宦官？」

薫香は脳裏に、殺された下級宦官のことが思い浮かぶ。顔も、名前すら知らない気の毒な被害者。彼もまた貧しい家の出身だったはず。

「産業のない土地は、人を売るしかありません。我が故郷の民に、そんな不幸は絶対に背負わせない」

「……」

静かに言い切る彼女の姿を、薫香は美しいと思った。同時に、痛ましく思う。

「ご自分を、哀れだとは思わないのですか？」

「東蕙妃の使命は、皇后の座を勝ち取ること。もう一つは、後宮で東王家の秘密が暴かれるのを防ぐこと。託されてきた責務を、果たすだけ。周りがどう思おうが、私は満足よ」

その眼差《まなざ》しには、一点の曇りもない。

（この人には、誰も敵《かな》わない）

薫香は畏怖する。目の前の華奢《きゃしゃ》な妃《きさき》に。

「さあ、お話はここまでにしましょう。南貴妃も、あなたも、他人の隠し事に首を突っ込まなければ、死なずにすんだのに。残念ね」

「違います！　違うのです！　南貴妃さまは知らなかった！　何も知らなかったんです！　沈香の偽装も、東王家の秘密も。東蕙妃さまは勘違いされたのです。わ、私のせいで……」

薫香の悲痛な叫びに、今度は東蕙妃が首を傾《かし》げる。だが、自ら宣言した通り、それ以上の話をしようとはしなかった。

「さあ、口を開けて。南貴妃と同じ毒よ。せめてもの慰めに」

「うぐ、うぐ、ぐぐっ」

引き結んだ口を、東蕙妃の白く美しい指がこじ開けようとする。おまけに宦官の万力のような分厚い手が、顎と髪を摑《つか》む。痛みに涙が出た。

（もう、ダメ……）

胸のうちで、ついに諦めの言葉が零《こぼ》れた。その時――、
宙を舞う、黒曜を見た。

次の瞬間には衝撃音が走り、背中が急に軽くなる。慌てて立ち上がれば、床に伸びている宦官の巨体。そして、その横に立つ女官姿の黒曜。

「黒曜さま!?　どうしてここに？」

「薫香が気付く程度のことを、俺が気付かないわけがないだろ。それにしても一人で乗り込むとは、相変わらず無茶をする」

そのまま黒曜は、東蕙妃と相対する。さすがの東蕙妃も啞然《あぜん》としていた。

「一体、どこから？」

「ちゃんと正面の門からお招き頂いたぜ。ただ、拘束しようとした女官たちには寝て貰《もら》ったがな。さて、これ以上、女性に手荒なことはしたくないんだ。大人しく投降してもらえるかな？」

黒曜の提案を、東蕙妃は鼻で笑う。

「周りの状況がちゃんと見えていらっしゃるかしら？　そんな余裕を見せている場合ではない――」

言い終わらぬうちに、急に女官たちの悲鳴が上がる。辺りを見渡せば、中庭から見える壁の外が明るい。

「どういうことです。一体、何をなさったのかしら？」

東蕙妃は黒曜を睨《にら》み、問い質《ただ》す。

「役人が宮を取り囲んでいる。後宮への役人の立ち入りを、陛下に許可頂いた。真相は全て陛下の耳に入っている。全てだ。諦めろ」

そう、とだけ呟《つぶや》き、東蕙妃は椅子に腰を落とす。

「さすがに、少し疲れました」

そして彼女は天を仰いだ。


踏み込んできた役人たちにより、東青宮《とうせいきゅう》は一時騒然となった。

黒曜から話を聞かされていたとはいえ、役人たちも状況を正しく理解しておらず、それが場をより混乱させた。なにしろ相手は皇后の最有力候補とされる東蕙妃。俄《にわか》にすべてを信じろというのは無理がある。

踏み込んだものの、どうすればいいか戸惑う役人たち。そんな彼らを助けたのは、東蕙妃本人だった。

「南貴妃殺害および、贖罪妃殺害未遂は、すべて私の指示によるもの。間違いありませんわ」

彼女は全ての罪を認めると、女官たちに抵抗を止《や》めさせ、あまつさえ役人の采配までしてみせた。その手際は見事で、たちまち場は秩序を取り戻す。

こうして自らの指揮のもと、東蕙妃は連行されていった。

薫香と黒曜は並んで、その奇妙な光景を最後まで見届ける。


去り際、東蕙妃は薫香の前で足を止めた。

立場はすでに罪人で、両手を縄で縛られている。それでも彼女の威厳は、些《いささ》かも損なわれることはなかった。

長い時間、彼女は薫香を見つめていた。まるで何かを待っているかのように。

その視線に促され、薫香は懐に手を伸ばす。だが、懐に隠し持ったそれに、薫香の震える手が掛かることはなかった。

代わりに、薫香は東蕙妃に話しかける。

「あなたは、誰よりも皇后に相応《ふさわ》しい方です。心からそう思います」

僅かに見開いた東蕙妃の目元が、やがて微《かす》かに緩む。

「そう、ありがとう」

そう言い残し、東蕙妃は後宮をあとにした。

「東蕙妃は、勘違いされたのです。だから、南貴妃さまを殺害してしまった」

ずっと黙っていた薫香が、口を開いたのは独房宮への帰り道。黒曜は黙って、薫香を見る。

東王家主導による沈香偽装。その秘密を守りたい東蕙妃にとって、商人が起こした偽装事件はまさに青天の霹靂《へきれき》。最初に事件の発覚を聞いた時、東蕙妃は肝を冷やした筈《はず》だ。だが、幸いにも東王家の偽装は露見していなかった。そうと分かれば、やることは二つ。これ以上詮索されないよう、早急に事件を収束させること。そして事件を解決した李桃香という人物が、本当はどこまで知っているのかを探ること。

黒曜が話を引き取る。

「だが、ここで問題が起きた。李桃香という人物、太監に登録はあれど、どこにも姿がない。分かっているのは、俺の部下ということだけ。さぞかし不気味だっただろうな」

種を知る者にとっては笑い話。なのに、それが悲劇を招く。

「そんな折、一人の女官が、南貴妃さまの宮から出て来る私を見かけることになります。不審に思い問い質せば、李桃香と名乗ったわけだから、驚くのも無理はない。しかも頻繁に南貴妃さまの許《もと》を訪ねている。そこで疑惑が萌芽《ほうが》しました」

「南貴妃は、偽装事件を深掘りしているのではないか？　一度芽生えた疑惑は、膨らむばかり。東蕙妃としては、どうしても真相を知られるわけにはいかない。悩んだ挙句……」

黒曜は言葉を切ったが、薫香は俯《うつむ》く。

(私が宦官《かんがん》姿で出入りなどしなければ……)

唇を咬《か》む。強く、強く。

「最後に東蕙妃さまは、ご自分の勘違いに気付いたのだと思います。だから、私の前で足を止められた」

「復讐《ふくしゅう》の機会を、自分を殺す機会を、薫香に与えたのだろうな」

頷《うなず》く薫香を見て、黒曜は左手を差し出す。

「なんですか？」

「銀葉から聞いた。懐にしまってある物を渡せ。もうお前には必要ない筈だ」

しばらく躊躇《ためら》っていたが、やがて諦めた。忍ばせていた懐剣を取り出し、黒曜に渡す。

「それにしても、一人で乗り込むとは無茶が過ぎる。どうして役人にでも声を掛けなかったんだ？」

「事情を話して信じて貰えたかは別にして、もし役人を連れて行けば、彼らは真っ先に東蕙妃さまの身柄を確保します。そうなると、私に殺す機会が巡ってきません」

「では、銀葉は？　あいつなら、何を置いてもお前の望みを叶《かな》えてくれるはずだ」

「いいえ。きっと彼女は、自ら手を下したはずです。私の手を汚させないために。ですが、私は彼女の手が、血で汚れることを望みません」

そうか、と黒曜は頷く。

「あなたは、黒曜さまは、私が東蕙妃さまを殺そうとしていることに気付いていたはずです。なにしろ助けに来て下さるくらいですから。それなのに、私が東蕙妃さまの許へ行くのを止めなかった。どうしてです」

「薫香がどうするか、見てみたかった。殺したいほど憎い相手を前にして、お前がどうするか……」

答えるまでに差し挟まれた短い沈黙。そこに黒曜の葛藤を見た気がした。

「がっかりされましたか？」

「いや、なぜか薫香は殺さないと思っていたし、そう願っていた。そして実際にそうなって、自分でも驚くほど安堵《あんど》している」

「安堵？　どうしてです？」

「俺は、薫香の手が血で汚れるのを望まない」

大きく目を見張る。

「あなたは、その剣で誰を殺す気なのです」

「……分からん。それを、いま探している」

「探して欲しいにおいとは、その方のものなのですね」

「あのにおいが、消えないんだ。いつまでも」

顔を自虐で歪《ゆが》め、呻《うめ》くように呟く黒曜。その姿がなぜか薫香の胸を抉《えぐ》る。

すぐ先に独房宮が見えてきた。

じゃあな、と背を向ける黒曜。その背が少しずつ、闇に溶けていく。

「黒曜さま」

ゆっくりと黒曜が振り返る。

「消えないにおい、私が探し出してみせます。ですが、あなたがその手を血で汚すようなことは、絶対にさせません」

黙って聞いていた黒曜の口元が、やがて柔和な曲線を描く。

覚えておく、と言い残し、今度こそ黒曜は帰っていった。

終章　それぞれの哀悼

胸のうちに、わだかまりがあった。

四妃《よんひ》が皇后を争う場に、突如として『香妃《こうひ》』を名乗る女が現れる。犯人を炙《あぶ》り出すため、十五年前と同じ状況をつくり出した。あの時と同じように、動きがあると踏んで。

思惑通りではなかったが、動きはあった。そして南と東の王家は、今回の皇后選びから脱落した。

この二王家が十五年前の犯人かは分からないが、容疑者だ。復讐はなった、のだろうか？　胸のうちは、まだわだかまったまま。

やはり真の犯人を見つけ出さなくては、わだかまりは晴れないのだろうか？

消えないにおい、顔のない女。お前は一体、誰なんだ？

＊

東蕙妃《とうけいひ》の退場が、正式に後宮に報じられたのは翌日の昼過ぎ。外は雨が降っていた。春の終わりを告げる雨は、誰《た》がための涙雨か。

北麗妃《ほくれいひ》がその知らせを聞いたのは、短い午睡のあと。

「おめでとうございます」

側仕《そばづか》えの若い女官が、祝いの言葉を述べる。不用意だ。彼女は北麗妃に仕えてから日が浅く、主《あるじ》の性格をまだよく理解出来ていなかった。

「何が、めでたいのだ？」

案の定、北麗妃は若い女官を問い質す。思いがけぬ主の厳しい眼差《まなざ》しに、女官は狼狽《うろた》え、怯《おび》えた。まるで野生の獣を前にしたように。

北麗妃は眼差しを緩め、諭すように話し始める。

「この後宮は、戦場だ。戦場では、互いに背負わされたものの為《ため》に戦う。そこには個人の感情が、差し挟まれることはない。俺と奴《やつ》らは戦場で相まみえ、たまたま背負ったものが違っていただけ。そして同じ戦場で戦った者は、味方であれ敵であれ戦友さ。友の死は等しく弔われるべきだ」

北麗妃は立ち上がり、南と東の方角に黙とうを捧《ささ》げる。

「あばよ、戦友。せめて安らかに」

＊

薄暗い室内で、真っ赤な炎が躍る。

部屋の中央に設けられた祭壇で、護摩の火が焚《た》かれていた。その正面に西華妃《せいかひ》は座している。揺らめく炎の明かりも、面紗《ベール》に隠された彼女の顔を照らすことは出来ない。

「この世界を統べるのものは、毒だ。なによりも強い毒」

誰もいない室内に、西華妃の声が響く。

「後宮とは蠱毒《こどく》。生贄《いけにえ》を殺し合わせ、より強い毒が生まれし場所」

西華妃の前には、木札が五枚並ぶ。それぞれの木札には、文字が書き込まれている。『東』『西』『北』、それに『贖』と『帝』の五枚。『南』はすでに失われた。そして……。

西華妃は木札の中から、『東』と書かれた札を取り上げ、火の中に放り込んだ。炎が立ち上がり、木札は燃えていく。

「あと二人」

暗い室内に響く西華妃の声は、しかし誰にも届かない。

＊

疑念がある。

太監の一室で、黒曜《こくよう》は思考の海に没していた。

東蕙妃は、東王家が主動した沈香《じんこう》偽装を含め、すべての罪を告白した。それに対する処遇はこれからとはいえ、一連の事件には幕が引かれることになる。

（本当にそれでよいのだろうか？）

黒曜には疑念がある。

例えば、南貴妃《なんきひ》の殺害。動機も殺害の方法も、間違いはない。

（だが、南貴妃が『体身香《たいしんこう》』を使っていたことを、東蕙妃はどうやって知ったのか？）

あの殺害方法は、南貴妃が『体身香』を、少なくとも大茴香《だいういきょう》を服用していなければ成立しない。東蕙妃は、どこでそれを知ったのか？

南紅宮《なんこうきゅう》に間者が潜り込んでいた、と考えれば簡単だ。だが、それはない。殺害に使用したシキミの実を回収するのに、女官たちを薫香《くんこう》に嗾《けしか》けるという、不確かな方法を使っている。内に間者がいたなら、女官の目を盗んで回収するだけで済んだ話だ。

疑念は他にもある。

(東蕙妃はなぜ、南貴妃を殺害したのか?)

薫香の言っていたように、東蕙妃が勘違いしたのは間違いない。だが、南紅宮から出てきた宦官にたまたま話しかけたら、それが事件解決に関わった薫香だった、というのは腑《ふ》に落ちない。

誰かが、南貴妃が偽装事件を調べていると、東蕙妃に吹き込んだと考える方が自然ではないだろうか?

思考はすぐに行き詰まる。

行き詰まった者は、ありもしない突飛な考えをひねり出す。黒曜もそうだ。

(実は一連の事件に、裏で糸を引いていた人物がいるのではないか?)

例えば、南紅宮で霊猫《れいびょう》の檻《おり》の鍵を開け、南貴妃から『体身香』のにおいを嗅ぎ取り、東王家の沈香偽装を見抜き、東蕙妃の耳元で南貴妃が偽装事件を探っていると囁《ささや》きかけ、薫香に事件解決の糸口を与えた人物がいるとしたら?

(馬鹿馬鹿しい考えだ)

並みの人間には、とても無理だ。

薫香以上に鼻がよく、黒曜より『香』の知識に秀でていなければならない。第一、あの妃《きさき》たちが進んで宮に招き入れる者などいるだろうか?

(馬鹿な!)

黒曜は、胸のうちで毒づく。

該当する人物が、一人だけいる。その存在を思い浮かべるたび、左手首の痣《あざ》がひどく痛んだ。

＊

黄龍協《こうりゅうきょう》の母には、四王家《よんおうけ》の血が流れていない。

妾《めかけ》だったからだ。龍協は先帝が皇太子時代に、その妾に産ませた子。妾の子は皇帝にはなれない、通常は。

だが、先帝と四妃から選ばれた皇后との間に子がなく、先帝は早世した。幸運に恵まれ、急遽巡《きゅうきょ》って来た至高の座。

当然、その立場は歴代のどの皇帝より弱かった。

雨間《あまあい》に差し込んだ日の光の中で、龍協は書き物の手を止めた。大きく息を吐き、椅子の背もたれに身を投げ出す。

雨に混じって近づいていくるにおいを、彼は嗅ぎ取る。よく知った人物のにおいだ。

「陛下」

　ほどなく龍協を呼ぶ声が響く。

「入れ」

　再び手を動かしながら、短く答える。部屋に入って来たのは、予想通り太監の長である霍白檀《かくびゃくだん》。龍協の幼き頃からの教育係であり、いまは『影の宰相』とも呼ばれる人物。

「東蕙妃さまが、すべての罪をお認めになりました」

「そうか」

　手渡された報告書に目を通しながら、指示を与える。

「すぐさま東王家に対し、沈香偽装の追及を行え。偽装に加担した罪で、東王家の息が掛かった大臣共は残らず罷免だ。東王家の足を引っ張りたい北と西の王家も同調するはず。東王家も文句は言えまい」

「南王家は如何《いかが》します？」

「妃の腹から出て来た『体身香』を送り付けてやれ。しばらくは大人しくなる」

『香妃』を偽るのは大罪。おそらく南王家は、妃の単独犯行を主張するだろう。だが、構わない。今回の件で、南王家の罪を問うつもりはない。表向きは。

　貸しと警告、両方を与えておく。

「これで東王家は大きく力を削《そ》がれ、南王家も後退することでしょう。そして御前聞香《ごぜんもんこう》は当面延期せざるを得ません。すべて陛下のお考え通りに進みましたな」

「いや、考えていた以上だ。思っていた以上に、よく働いてくれた」

初めは御前聞香を遅らせ、立后までの時間を稼ぐことだけが狙いだった。その間に、宮廷に少しでも味方を増やせれば、と。

それが、ひょんなことから、思わぬ駒が手に入った。正確には龍協の手駒ではないが、今回は龍協に味方してくれた。

報告書の中に、その駒の名を見つけ、思わず口角が上がる。

贖罪妃《しょくざいひ》、李《り》薫香。

その存在は、四王家との繋《つな》がりを断ちたい龍協にとって、まさに神からの贈り物。今回の一連の活躍も、大々的に広めるつもりだ。

「いずれにしても、今回はよく働いてくれた。そしてこれからも……」

続けようとした言葉は、そこで途切れた。龍協の視線は書面の一点で凍り付く。そこには、ある宦官《かんがん》の名が記してあった。

白檀から届く報告書にその名を見つけるたび、龍協の胸のうちはいつもざわめく。

龍協には、兄がいた。

同じく先帝が別の妾に産ませた異母兄。本来なら、至高の座は兄が継ぐはずだった。

だが、やはり龍協は天に愛されていた。ある事件で、もう一人の妾は亡くなり、異母兄は消えた。当時は皇后選びの最中で、四妃の誰かによる犯行と噂《うわさ》されたという。

龍協がまだ、母の腹の中にいた頃の話だ。すべては亡き母から聞かされた。その異母兄の名は……。

右手首の痣が、じわりと蠢《うごめ》いた。

＊

「私、皇后になります」

久しぶりに宦官姿で顔を出すと、宮の主は黒曜の前で高らかに宣言する。

一連の事件解決を受け、宦官に復帰したことを伝えに来ただけなのだが、思わぬことになった。

「ど、どうした急に」

いままでも『香妃』を名乗り、皇后を目指して来た。だから、その宣言の内容は突飛ではない。だが、それはあくまで成り行きであり、彼女自身が望んだことではなかった。はっきり言えば、乗り気ではなかったはず。

その彼女が、はっきりと皇后になると口にした。その心変わりに驚く。

「一族の赦《ゆる》しを得る他に、皇后になってやりたいことが出来ました」

「ほう、それはなんだ？」

そう訊《き》いたのは、単純に興味から。

「四王たちを呼び出し、殴ります」

出会った時から変な奴だと思っていたが、さすがに面食らう。

「おかしいですか？」

「まあ、あまり耳にする類の発言ではないな。特に皇后の座を狙う奴の口からは。で、なぜ四王たちを殴りたいんだ？」

「この後宮を自分たちの権力争いの場にした罪を、償わせたいのです。妃たちに一族の命運を背負わせ、嗾け、傷つけ合わせた罪です。権力争いがしたいなら、自分たちで勝手にやればいい。なぜ妃たちが争わなくてはならないのか、私には分かりません」

もう一度、面食らった。同時に、なるほどと思う。

南貴妃の死と、東蕙妃の生きざまに触れて、彼女が導き出した結論がこれなのだ。

「薫香らしい」

堪《こら》えきれずに、笑ってしまった。それが不服なのか、薫香はこちらを睨《にら》みつけてくる。

もし、この女が皇后になったら、随分と型破りな皇后になりそうだ。そして、その隣に立つのは……。

「どうかされましたか？」

薫香が顔を覗《のぞ》き込んでくる。不用心に顔を近づけて。

「いや、もしお前が皇后になるなら、俺は皇帝になるしかないと思ってな」

「はっ⁉　なぜ、そうなるんです？」

「宦官のままだと、皇后に傅《かしず》かなくてはならないんだぜ？　薫香に傅くなんて、絶対に嫌だ！　皇后に傅かなくていいのは、皇帝だけだろ？」

「そんな理由ですか⁉」

呆《あき》れる薫香に、黒曜は口の端を大きく上げ笑った。

この物語はフィクションです。

◆参考文献

『宦官』(三田村泰助／中央公論新社)
『香木三昧　大自然の叡智にあそぶ』(山田眞裕／淡交社)
『お香が好き。　にほんの香りを楽しむための便利帖』(吉田揚子／ソフトバンククリエイティブ)
『和の香りを楽しむ「お香」入門』(山田松香木店監修／東京美術)
『悟浄出立』(万城目学／新潮社)
『中国くいしんぼう辞典』(崔岱遠著・李楊樺画・川浩二訳／みすず書房)
『調香師の手帖《ノオト》　香りの世界をさぐる』(中村祥二／朝日新聞出版)

その他ウェブサイト等を参考にしました。

富士見L文庫

後宮《こうきゅう》の薫香妃《くんこうひ》

しそたぬき

2023年10月15日　初版発行

発行者　　山下直久
発　行　　株式会社 KADOKAWA
〒102-8177　東京都千代田区富士見2-13-3
電話　0570-002-301（ナビダイヤル）

印刷所　　株式会社暁印刷
製本所　　本間製本株式会社
装丁者　　西村弘美

定価はカバーに表示してあります。
◇◇◇

●お問い合わせ
https://www.kadokawa.co.jp/（「お問い合わせ」へお進みください）
※内容によっては、お答えできない場合があります。
※サポートは日本国内のみとさせていただきます。
※Japanese text only

ISBN 978-4-04-075162-7 C0193

あっぱれ!!
わけあり夫婦の花火屋騒動記

著／しそたぬき　イラスト／樹もゆる

月夜に屋根から落ちてきた男と即結婚!?
笑い、ときめき、ネオ江戸小説

江戸の貧乏長屋に住むソラは、元は花火屋の大店の娘。零落した店の再興のため婿探し中だ。ある晩ハルと名乗る男がソラの居室の屋根を踏み抜く。ソラはあきれつつも、純朴そうなハルを見込んで求婚、そして即結婚!?